KEN GIRE

ALBERT SCHWEITZER

BERUFUNG ZUM LEBEN

Aus dem amerikanischen Englisch
von Doris C. Leisering

SCM Hänssler

SCM

Stiftung Christliche Medien

MIX
Papier aus verantwortungsvollen Quellen
FSC
www.fsc.org
FSC® C006701

SCM Hänssler im SCM-Verlag GmbH & Co. KG · 71088 Holzgerlingen
Internet: www.scm-haenssler.de · E-Mail: info@scm-haenssler.de

Originally published in English under the title: *Answering the Call. The Doctor who made Africa his life. The remarkable story of Albert Schweitzer*

Übersetzung: Doris C. Leisering
Umschlaggestaltung:
Titelbilder: Porträt (© bpk / Ph.Martin); Landschaft (shutterstock.com)
Satz: Satz & Medien Wieser, Stolberg
Druck und Bindung: CPI – Ebner & Spiegel, Ulm
Gedruckt in Deutschland
ISBN 978-3-7751-5453-6
Bestell-Nr. 395.453

Stimmen zum Buch

»Ich bin nur ein Schriftsteller; Ken ist ein *richtiger* Schriftsteller.«

Max Lucado

»Wenn es so etwas wie die Gabe des Schreibens gibt, dann hat Ken Gire sie in meinen Augen. Kreativ, lebendig, verständlich und leicht zu lesen – er hat diese schwer zu greifende Kunst, an der man vieles nicht lehren kann, fest im Griff. Mit anderen Worten: Der Mann ist ein Naturtalent …«

Chuck Swindoll
Pastor und Vorsitzender des *Dallas Theological Seminary*

»Die Worte, mit denen ich meinen Respekt vor den schriftstellerischen Arbeiten von Ken Gire bezeugen würde, könnten einen ganzen Schreibblock füllen. Stattdessen will ich nur sagen: Er ist einer der besten Autoren, die ich kenne.«

Luci Swindoll
Autorin und Rednerin

»Ken Gire ist ein Mann, der mit Gott lebt. In all seinen Erfahrungen hört er auf die Stimme Gottes. Damit hat Kens Gabe des Schreibens einen tiefen Eindruck auf mich und viele andere in unserer Gemeinde gemacht. Für seine Bücher haben wir in unseren Regalen einen besonderen Platz reserviert und lassen uns oft und immer wieder von seinen starken und ehrlichen Geschichten und Bildern inspirieren. Wenn Ken spricht, haben seine Worte noch immer unsere Seelen erfrischt und uns einen neuen Blick aufs Menschsein und unsere Suche nach einer tieferen Verbindung mit Gott geschenkt.«

Nancy Beach
Programmdirektorin und Pastorin von Willow Creek

»Ken Gires Feder steckt voller Ratschläge des Himmels. Was er schreibt, führt mich immer zum Erlöser … lesen und lernen Sie.«

Patsy Clairmont
Autorin und Rednerin

»Jedes Buch aus der Feder von Ken Gire erwarte ich mit Ungeduld.«

H. Norman Wright
Autor und Pastoralseelsorger

Als ein Unbekannter und Namenloser kommt [Jesus] zu uns,
wie er am Gestade des Sees an jene Männer,
die nicht wussten, wer er war, herantrat.
Er sagt dasselbe Wort: Du aber folge mir nach!
und stellt uns vor die Aufgaben, die er in unserer Zeit lösen muss.
Er gebietet. Und denjenigen, welche ihm gehorchen,
Weisen und Unweisen, wird er sich offenbaren in dem,
was sie in seiner Gemeinschaft an Frieden, Wirken, Kämpfen
und Leiden erleben dürfen, und als ein unaussprechliches Geheimnis werden sie erfahren, wer er ist.[1]

Albert Schweitzer

Inhalt

Anmerkung des Autors

Beim Lesen dieses Buches werden Sie, liebe Leser, auf eine Reihe von Gesprächen zwischen Albert Schweitzer und anderen stoßen, deren Namen Ihnen sicher im Laufe der Zeit vertraut werden. Falls nicht anders angegeben (und in diesem Fall mit einer Fußnote versehen), sind diese Gespräche größtenteils erdacht und abgeleitet und gründen sich auf Recherchen über Dr. Schweitzers Leben durch biografische und autobiografische Werke.

Einige Personen habe ich erfunden, doch die Mehrzahl der auftretenden Akteure sind reale Personen. In Formulierungen und Dialogen habe ich künstlerische Freiheit walten lassen, um bestimmte Fakten zu beleuchten und den Personen mehr Tiefe zu verleihen. Meine Hoffnung und Absicht ist es, dass diese Kreativität Ihnen, den Lesern, die Möglichkeit gibt, nicht nur ein Buch zu lesen, sondern auch eine Zeitreise zu unternehmen und in die Welt Albert Schweitzers und der Menschen, deren Leben mit seinem verwoben war, einzutreten.

Wo Texte oder Dialoge einer bestimmten Quelle entnommen sind, ist eine Anmerkung eingefügt, damit Sie – wenn Ihr Interesse an Albert Schweitzer beim Lesen wächst – noch tiefer in die Bücher und Schriften von anderen über sein Leben und Werk eintauchen können.

Zeittafel

1875 – Die frühen Jahre

14. Januar 1875: Ludwig Philipp Albert Schweitzer wird in Kaysersberg, Oberelsass, geboren. Diese Region stand damals unter deutscher Regierung; heute gehört sie zu Frankreich und liegt im Nordosten des Landes an der deutschen Grenze. Seine Eltern sind Adele Schweitzer, geb. Schillinger, und Louis Schweitzer, ein lutherischer Pfarrer.

1880–1884: Besuch der Schule in Günsbach, dem Dorf, wo die Familie Schweitzer lebte.

1884–1885: Besuch der Realschule in Münster, Elsass.

1885–1893: Besuch des Gymnasiums in Mülhausen, Oberelsass.

Oktober 1893: Umzug nach Paris, um bei Charles-Marie Widor, einem bekannten Organisten und Komponisten, Orgelunterricht zu nehmen.

November 1893: Einschreibung an der Universität von Straßburg zum Studium der Theologie, Philosophie und Musiktheorie.

April 1894: Eintritt ins Militär ins 143. Regiment. Sein Wehrdienst endet im April 1895.

1895 – Albert Schweitzer in seinen Zwanzigern

1896: Albert verpflichtet sich, ab seinem 30. Lebensjahr der Menschheit zu dienen.

Herbst 1897: Examensarbeit im Fach Theologie mit dem Thema: »Schleiermachers Abendmahlslehre, verglichen mit den im Neuen Testament und in den reformatorischen Bekenntnisschriften niedergelegten Auffassungen.«

1898–1899: Studium an der Sorbonne und der Universität von Berlin; außerdem Orgelunterricht in Paris und Berlin. Erste Orgelkonzerte.

6. Mai 1898: Albert besteht seine mündlichen und schriftlichen Prüfungen an der theologischen Fakultät. Im Anschluss erhält er ein Goll-Stipendium für das Fach Theologie.

Sommer 1898: Fortsetzung seines Philosophiestudiums an der Universität Straßburg.

Herbst 1898 bis Frühjahr 1899: Studium an der Sorbonne in Paris, wo er weiterhin von seinem musikalischen Mentor Widor betreut wird. Hier studiert er auch Originaltexte von Kant, um die Entwicklung seines Denkens nachzuvollziehen.

12. März 1899: Rückkehr nach Straßburg, wo er seine Dissertation zu Kant überarbeitet.

April bis Juli 1899: Fortsetzung seines Philosophie- und Orgelstudiums in Berlin.

Juli 1899: Rückkehr nach Straßburg, wo er sein Examen im Fach Philosophie erfolgreich besteht und seinen Doktortitel verliehen bekommt.

Dezember 1899: Anstellung durch die St.-Nikolai-Kirche in Straßburg, wo er seine theologische Examensarbeit schreibt. Sein Thema ist der historische Ursprung des letzten Abendmahls. Ende Dezember veröffentlicht er seine Dissertation *Die Religionsphilosophie Kants von der Kritik der reinen Vernunft bis zur Religion innerhalb der Grenzen der bloßen Vernunft*.

15. Juli 1900: Zweites theologisches Examen bestanden.

21. Juli 1900: Promotion zum Doktor der Theologie *magna cum laude*.

23. September 1900: Ordination in der St.-Nikolai-Kirche.

1902: Ernennung zum Privatdozenten an der Universität Straßburg, wo er an der theologischen Fakultät Vorlesungen über den Aufbau des Johannesevangeliums hält.

1. Oktober 1903: Festanstellung als Direktor des Theologischen Thomasstifts zu Straßburg.

1905 – Albert Schweitzer in seinen Dreißigern

14. Januar 1905: Im Alter von dreißig Jahren trifft Albert die Entscheidung, Medizin zu studieren und nach Afrika zu gehen.

1905: Aufnahme des Medizinstudiums an der Universität von Straßburg.

18. Juni 1912: Heirat mit Helene Bresslau.

Februar 1913: Approbation als Arzt und Promotion zum Doktor der Medizin.

21. März 1913: Ausreise nach Afrika. Ankunft in Lambarene, Gabun, Französisch-Äquatorialafrika, wo er sein erstes Krankenhaus aufbaut.

1914: Mit dem Ausbruch des Ersten Weltkriegs erklären ihn die französischen Behörden als Staatsfeind. Er wird in Lambarene unter Hausarrest gestellt, darf aber weiterhin als Arzt praktizieren.

1915 – Albert Schweitzer in seinen Vierzigern

September 1915: Nach jahrelanger Suche stößt Albert Schweitzer während einer Fahrt auf dem Ogowefluss auf den Ausdruck »Ehrfurcht vor dem Leben«, der eine Zusammenfassung seiner Philosophie darstellt.

September 1917: Die Schweitzers werden nach Frankreich überstellt, wo Albert und seine Frau in Kriegsgefangenenlagern in Garaison und später in St. Rémy interniert werden. Während dieser Zeit erkrankt Albert an der Ruhr.

Juli 1918: Rückkehr ins Elsass bei schlechter Gesundheit. Albert erfährt, dass seine Mutter ums Leben gekommen ist.

14. Januar 1919: Die Tochter Rhena, das einzige Kind der Schweitzers, wird geboren.

1919–1923: Nach vollständiger Genesung hält Albert europaweit Vorträge, praktiziert als Arzt, gibt Orgelkonzerte, predigt, schreibt und publiziert, darunter das zweibändige Werk *Kulturphilosophie.*

Februar 1924: Albert schreibt *Aus meiner Kindheit und Jugendzeit.*

1924: Rückkehr nach Afrika.

1925 – Albert Schweitzer in seinen Fünfzigern

Ab 1926: Wiederaufbau des Krankenhauses auf einem neuen Gelände.

1927–1929: Reisen nach Afrika und Europa. Albert nutzt seine weitreichende Vortragstätigkeit und seine Orgelkonzerte in Europa, um Geld für sein Krankenhaus aufzubringen.

1935 – Albert Schweitzer in seinen Sechzigern

Februar 1935: Rückkehr nach Afrika, bereits zum fünften Mal.

September 1935: Rückkehr nach Europa zu Konzertreisen, Spendenaktionen für das Krankenhaus und Aufnahmen von Bachschen Orgelstücken.

Februar 1937: Rückkehr nach Afrika zu seinem sechsten Aufenthalt.

1939–1948: Kurze, zwölftägige Rückkehr nach Europa und anschließend siebte Reise nach Lambarene, wo er sich während des Zweiten Weltkriegs aufhält. Seine Frau stößt nach ihrer Flucht aus Europa zu ihm.

1945 – Albert Schweitzer in seinen Siebzigern

1948: Erste Reise nach Europa nach dem Zweiten Weltkrieg.

Juli 1949: Erste und einzige Reise in die USA.

Oktober 1949: Achte Reise nach Afrika.

Juni 1951: Rückkehr nach Europa zu einem Besuch bei seiner Frau. Albert spielt Konzerte und hält Vorträge.

Dezember 1951: Neunte Reise nach Afrika.

Juli 1952: Rückkehr nach Europa, um mit Vorträgen und Konzerten Geld für sein Krankenhaus zu sammeln.

Dezember 1952: Zehnte Reise nach Afrika.

Oktober 1953: Albert Schweitzer wird mit dem Friedensnobelpreis für das Jahr 1952 ausgezeichnet.

November 1954: Albert Schweitzer nimmt den Friedensnobelpreis für das Jahr 1952 an und hält in Oslo, Norwegen, seine Nobelpreisrede.

Dezember 1954: Elfte Reise nach Afrika.

1955 – Albert Schweitzer in seinen Achtzigern

Dezember 1955: Zwölfte Reise nach Afrika.

1. Juni 1957: Helene Schweitzer stirbt in der Schweiz.

4. Dezember 1957: Rückkehr nach Lambarene, nun zum dreizehnten Mal. Bei sich hat Albert Schweitzer die Asche seiner Frau, die er auf dem Gelände des Krankenhauses begräbt.

1958–1963: Albert Schweitzer setzt sich für das Atomteststoppabkommen ein. In dieser Zeit expandiert sein Krankenhaus stark.

6. Mai 1963: Albert unterstützt eine Gesetzesvorlage des US-Senats zur Einschränkung von Tierversuchen.

August 1963: Brief an den US-Präsidenten Kennedy bezüglich des Atomteststoppabkommens.

1965 – Albert Schweitzer in seinen Neunzigern

14. Januar 1965: Albert Schweitzer feiert seinen neunzigsten Geburtstag.

23. August 1965: Albert Schweitzer setzt seine Tochter als Verwalterin des Krankenhauses ein.

4. September 1965: Albert Schweitzer stirbt im Alter von neunzig Jahren um 23.30 Uhr in seinem Bett in Lambarene.

Vorwort

Ich weiß noch immer nicht, ob ich Albert Schweitzer fand oder er mich. Aber ich weiß, wann wir einander fanden.

Damals wohnte ich in Südkalifornien, und eines Abends bat mich meine älteste Tochter, sie zu einem Hauskreis in Orange County zu fahren. Wir wohnten in Fullerton, und der Ort war nicht besonders weit entfernt von Orange County, aber doch so weit, dass ich nicht nach Hause fahren wollte, nur um dann gleich wieder umkehren zu müssen und sie abzuholen. Nachdem ich meine Tochter abgesetzt hatte, suchte ich mir also ein Plätzchen, an dem ich die nächsten Stunden verbringen konnte.

Ich fuhr durch die Gegend und stieß zufällig auf die Chapman-Universität, wo ich eine Bibliothek fand. *Perfekt*, dachte ich. Als ich die kleine, gemütliche Bibliothek betrat, war es, als wäre ich in einen Tunnel gefallen und am anderen Ende in einer anderen Zeit gelandet.

Von den Wänden schauten überlebensgroße Schwarz-Weiß-Fotos von Albert Schweitzer und seinem Krankenhaus in Lambarene, Afrika, auf mich herab. Sie zeigten ihn, wie er ein wenig vornüber gebeugt dastand und ausgebeulte Hosen und ein weites weißes Hemd trug. Sein Gesicht wirkte wie ein verwitterter Felsvorsprung an einem überwucherten Berghang. Ein Tropenhelm beschattete den weißen Schopf und seinen wilden, aber vornehm wirkenden Schnurrbart.

Es war ein wenig unheimlich, dieses Heiligtum zu betreten. Der Ort war von einer Ehrerbietung erfüllt, die alles in mir zum Schweigen brachte. Lange Glasvitrinen umschlossen kleine Stücke aus Albert Schweitzers Leben, als wären es Relikte, die eine archäologische Ausgrabung zutage gefördert hatte.

Ein sorgfältig gefaltetes weißes Leinenhemd wie auf den Fotografien, das Gewebe dick und etwas ungleichmäßig.

Eine Brille mit Goldrand.

Ein robuster Füllfederhalter.

Ein Manuskript in verblichener, etwas unleserlicher Handschrift.

Frühe Ausgaben seiner Bücher.

Ein Stapel seiner Briefe.

Medizinische Gerätschaften, von Stethoskopen bis zu Skalpellen.

Bevor ich mich's versah, waren zwei Stunden vergangen und ich musste gehen und meine Tochter abholen. Doch etwas von Albert Schweitzer ging mit mir. Etwas an seinem Leben, seinem Vermächtnis und dem Ausdruck auf seinem von Sorgen gezeichneten Gesicht verfolgte mich. Es war, als ginge etwas nur wenige Meter hinter mir und schaute mir über die Schulter.

Im Lauf der Jahre erregte jedes Buch von ihm oder über ihn, das mir begegnete, meine Aufmerksamkeit. Ich hielt inne, blätterte es durch – und in den meisten Fällen kaufte ich es und nahm es mit nach Hause. Die Bilder waren faszinierend:

Wie er vor seiner Hütte einen Pelikan mit der Hand füttert.

Wie er einen Afrikaner mit vorgewölbtem Bauch untersucht.

Wie er einen Anbau an sein Krankenhaus beaufsichtigt und selbst einen großen Teil der schweren Arbeit leistet.

Wie er am Ende seines Tages Briefe schreibt und ein Kätzchen in der Nähe seiner Hand zusammengerollt daliegt.

Wie er spätabends über ein altes Klavier gebeugt sitzt und Bach spielt, die müde Gestalt und rheumatischen Finger belebt von der Musik.

Er.

Wer war er, den diese geheimnisvolle Sammlung faszinierender Bilder zeigte? Wer war dieser Mann, dessen Platz in der europäischen akademischen Welt so sicher war? Er hatte drei Doktortitel. *Drei.* In Philosophie, Theologie und Medizin. Außerdem war er ein angesehener Autor und obendrein Konzertorganist und weltbekannter Bachexperte. Doch er verließ diesen Elfenbeinturm, der so viel Ruhm und Reichtum verhieß, und vergrub sich in den dunklen und gefährlichen Urwäldern von Afrika, um in der Gluthitze ein Leben im Dienst an den Armen und Bedürftigen zu führen.

Warum?

Das ist das Geheimnis seines Lebens, das Geheimnis, das mich an jenem Abend in der Bibliothek umtrieb … und auch heute noch umtreibt.

Kapitel 1

Glockenschlag in Lambarene

Anfang, stetig sich wiederholender Anfang des Denkens ist, daß der Mensch sein Sein nicht einfach als etwas Gegebenes hinnimmt, sondern es als etwas unergründlich Geheimnisvolles erlebt.[2]

Albert Schweitzer

5. September 1965

An einem Sonntagmorgen, der nur langsam zum Leben erwachte, läutete um 5.30 Uhr die Glocke im Krankenhaus von Lambarene. Bald stimmte die Glocke in der Leprakolonie am Ende der Straße mit ein. Dann übermittelten die Tomtoms aus den umliegenden Dörfern die traurige Nachricht auch in die entlegensten Winkel des Urwalds: »Papa Pour Nous ist tot.«[3]

Dies war der französische Kosename für den väterlichen Arzt, der in den letzten fünfzig Jahren unter den Menschen von Gabun gelebt und ihnen mit unermüdlicher Hingabe gedient hatte. Albert Schweitzer, *Le Grand Docteur*, war am Abend zuvor um 23.30 Uhr friedlich in seinem Bett entschlafen, umgeben von einem kleinen Kreis von Freunden und Kollegen, unter ihnen seine Tochter Rhena.[4] Weil es so spät war, traf man die Entscheidung, die Nachricht erst am Morgen bekannt zu geben.

Jetzt war der neue Morgen angebrochen.

Und die Nachricht verbreitete sich von Dorf zu Dorf, bis es schien, als brächte der sonst vor Leben wimmelnde Urwald nur einen einzigen langen, schweren Seufzer über die Lippen.

Kahle Wege, die sich zwischen einer endlosen Zahl von westgabunischen Dörfern hin und her schlängelten, füllten sich mit Menschen. Einzelne, Paare und Familien aus verschiedenen Stämmen, von verschiedener Herkunft und ganz unterschiedlichen Alters machten sich auf den Weg in die kleine Stadt am Fluss – nach Lambarene.

Das Leben einiger, die sich an seinem Grab versammelten, hatte in Schweitzers Krankenhaus begonnen; das Leben anderer war dort durch eine rechtzeitige Operation und hingebungsvolle Pflege gerettet worden – oder das ihrer Eltern, Kinder oder Ehepartner. Manche wurden wegen Tumoren, Lepra, Geschwüren oder lebensbedrohlichen Wunden behandelt. Jetzt versammelten sie sich, um zu singen, zu tanzen und ihre Trauer auf ihre eigene Art und Weise zum Ausdruck zu bringen – zu Ehren dessen,

der ihnen durch seine unermüdliche Hingabe über ein halbes Jahrhundert hinweg Hochachtung erwiesen hatte.[5]

Ein gemeinsames Ziel einte sie: den Tod dessen zu betrauern, dessen selbstloser Dienst zahllosen Menschen in ihrer Region geholfen und der es sich zum Lebensziel gesetzt hatte, sein eigenes Leben die größte Predigt sein zu lassen.

Kapitel 2

Erster Blick auf fremde Ufer

Je tiefer wir in die Natur schauen, desto mehr erkennen wir, daß sie voller Leben ist, und desto gründlicher wird uns klar, daß alles Leben ein Geheimnis ist und daß wir mit allem Leben in der Natur verbunden sind.[6]

Albert Schweitzer

21. März 1913

In dem elsässischen Dorf Günsbach läuteten an diesem Frühlingsnachmittag die Kirchenglocken. Der 38-jährige Albert Schweitzer und seine Frau Helene standen im sonnendurchfluteten Bahnhof und warteten auf den Zug, der sie zu ihrem Ziel bringen würde. Eine Schar von Verwandten und Freunden wartete mit ihnen.

Die Glocken gehörten zu der lutherischen Kirche, in die Albert als Kind gegangen war. Sein Vater Louis (auch: Ludwig) war dort Pastor und seine Mutter, Adele Schweitzer, geb. Schillinger, diente treu an seiner Seite.

Dreißig Jahre zuvor hatten die gleichen Glocken zur gleichen Zeit des Jahres – kurz vor Ostern – geläutet. Der kleine Albert und ein Freund hatten sich Steinschleudern gebastelt, und sein Freund hatte Albert dazu angestiftet, auf Vögel zu schießen. Albert war ein ungewöhnlich sensibles Kind und die Idee gefiel ihm überhaupt nicht. Allerdings hatte er Angst, sein Freund würde ihn auslachen, wenn er nicht mitmachte. Sie näherten sich einem blätterlosen Baum, auf dem unzählige Vögel saßen, und die Jungen legten Steine in ihre Schleudern. Dann kauerten sie sich hin und zielten. Die ganze Zeit über plagte Albert sein Gewissen und er schwor sich, daneben zu schießen. Just in diesem Moment läuteten die Kirchenglocken, und ihr Klang mischte sich mit dem Gesang der Vögel. Für Albert war es »eine Stimme aus dem Himmel«, die ihn rief. Auf der Stelle legte er die Schleuder weg, verscheuchte die Vögel und rannte nach Hause.[7]

Von jenem Tag an fürchtete er sich nicht mehr vor dem, was andere von ihm dachten, und er war nun fest davon überzeugt, dass alles Leben unantastbar war. Nachdem seine Mutter ihn abends ins Bett gebracht, mit ihm gebetet und dann das Zimmer verlassen hatte, dehnte er ihre Bitten im Gebet auf alle Lebewesen aus: »Schütze und segne alles, was Odem hat, bewahre es vor allem Übel und laß es ruhig schlafen.«[8] Er trug seinen Teil dazu bei, selbst die Antwort auf dieses Gebet zu sein, indem er alle Lebewesen schützte und mit Gutem bedachte, so gut er konnte. Diese Lebenshaltung nahm er auch mit in den wilden Urwald von Afrika.

Das Läuten der Glocken an jenem Tag in der Fastenzeit war das erste von vielen übernatürlichen Erlebnissen, die den Verlauf von Albert Schweitzers Leben prägten.

Nun verstummten diese Glocken. Eine sanfte Brise trug die Frühlingsdüfte aus dem Münstertal des Oberelsass zu jenem Bahnhof, wo sich die ländlichen Gerüche von Erde, Gras und Blumen mit den industriellen Gerüchen von Stahl, Schmiere und Kohle vermischten.

In der Ferne hörte man einen Pfiff und alle Hälse reckten sich. Der Zug fuhr durch die Kurve und tuckerte unter dicken Rauchschwaden und einem erneuten Pfiff in Richtung der Wartenden. Mit quietschenden Bremsen kamen die gewaltigen Räder langsam zum Stehen. Ein letzter, beinahe erschöpfter Pfiff ertönte aus dem stählernen Ungetüm.

Während Kofferträger das Gepäck der Schweitzers in den Zug luden, standen die Dorfbewohner betreten herum, die Hände in den Taschen vergraben, als seien sie Trauergäste beim Begräbnis eines zu jung gestorbenen Menschen, dem ein verheißungsvolles Leben versagt geblieben war. Schweitzer war ein renommierter Dozent, Autor und Musiker. In ganz Europa schüttelten die Leute immer noch die Köpfe. So viel Talent, so viel Bildung, so viel Potenzial – und scheinbar alles vergeudet. Warum sollte ein so begabter Mensch sein Leben an einem Ort verbringen wollen, den man den »Friedhof des weißen Mannes« getauft hatte? Nur wenige hielten es auch nur für möglich, dass Ausländer dort, in der brennenden Sonne und sengenden Hitze von Afrika, überleben, geschweige denn gesund und bei Kräften bleiben konnten. Und hatte er auch die Feindseligkeit der Eingeborenen bedacht oder die Krankheiten, die einen im Urwald heimsuchten – unbekannt und unbenannt, und dennoch weithin gefürchtet?

Hier und dort wurden noch einmal Hände geschüttelt, und es wurde sich ein letztes Mal umarmt. Nicht wenige rieben sich mit den Fingern Spuren einer plötzlichen Gefühlsregung aus den Augen. Alberts Vater und Mutter umarmten Sohn und Schwiegertochter; die Mutter wappnete sich für diesen herzzerreißenden Augenblick.

Die Schweitzers stiegen in den Zug und eilten in den hintersten Wagen, um einen letzten Blick auf das Dorf zu erhaschen, ein letztes Mal dem Leben zuzuwinken, das sie für immer hinter sich ließen. Die Zugpfeife schrillte und Rauch quoll aus dem Schornstein. Mit einem Ruck setzte sich die Lokomotive schwerfällig in Bewegung; über die Kupplungen zwischen den Wagen wurde der Impuls weitergegeben. Die Schweitzers mussten sich am Geländer festhalten, als der Zug anrollte.

Albert und Helene winkten zum Abschied, und Albert warf seiner Mutter noch einen Handkuss zu. Es sollte das letzte Mal sein, dass er sie sah.

Albert Schweitzer hatte drei Doktortitel verliehen bekommen: den ersten im Jahr 1899 in Philosophie, den zweiten im Jahr 1900 in Theologie und den dritten 1913 in Medizin. Er war zu einem angesehenen Organisten und meisterhaften Orgelbauer geworden, zu Europas führendem Experten für Johann Sebastian Bach und zu einem geachteten Autor. Die ersten drei Jahrzehnte seines Lebens waren der Philosophie und den Künsten gewidmet. Doch im Alter von einundzwanzig Jahren traf er die Entscheidung, ab seinem dreißigsten Lebensjahr sein Leben in den Dienst der Menschheit zu stellen. Kurz nach seinem dreißigsten Geburtstag nahm er ein Medizinstudium auf und tauschte seinen Posten als Direktor des Theologischen Thomasstifts zu Straßburg gegen ein Dasein als Student ein. In dieser Zeit lernte er Helene Bresslau kennen, und die beiden heirateten am 18. Juni 1912. Während er Medizin studierte, machte Helene eine Ausbildung als Krankenschwester, damit sie ihn bei seiner Arbeit unterstützen konnte.

Im Februar 1913 schloss er seine praktische Ausbildung ab und promovierte zum Doktor der Medizin. Seine Ausbildung war vorbei; seine Laufbahn als Wohltäter der Menschheit hatte begonnen.

Schweitzer ließ eine verheißungsvolle medizinische Karriere, möglicherweise in Paris, hinter sich; ebenso eine verheißungsvolle akademische Karriere als Dozent an der Universität von Berlin oder am Theologischen Thomasstift zu Straßburg. Auch lehnte er eine verheißungsvolle musikalische Karriere ab, bei der er hätte durch Europa reisen und Bachs Geist durch seine Orgelkonzerte am Leben erhalten können. Es war ein Opfer, das nur diejenigen zu schätzen wussten, die ihm am nächsten standen und wussten, wie lieb und wert ihm diese Talente waren. Doch er hatte andere Versprechen einzuhalten. Alle anderen Möglichkeiten waren nun gestorben, fortgetragen von der Eisenbahn, und sollten in einem entlegenen Urwald in Afrika begraben werden.

Familie, Freunde und Kollegen brachten ihre Betroffenheit, ihr Unverständnis und ihre Verwunderung über Alberts Entscheidung zum Ausdruck. Warum sollte ein so talentierter junger Mann, vor dem eine verheißungsvolle Karriere in einem von ihm selbst erwählten Beruf lag, beschließen, das alles zurückzulassen? Gab es nicht viele andere, die ihr Leben in den Dienst der Menschheit stellen konnten?

Vielleicht war die wichtigere Frage nicht, wer es *konnte*, sondern wer es *wollte*. Albert Schweitzer wusste, dass er dem Ruf folgen musste – dem Ruf, der in vielen Jahrhunderten in den Herzen vieler Menschen widerhallte. Er musste dem Ruf dessen folgen, dessen Appell eine ernste Warnung und eine bleibende Verheißung enthielt: »Will mir jemand nachfolgen, der verleugne sich selbst und nehme sein Kreuz auf sich und folge mir. Denn wer sein Leben erhalten will, der wird's verlieren; wer aber sein Leben verliert um meinetwillen, der wird's finden« (Matthäus 16,24-25).

Albert Schweitzer wusste nicht, zu welchen Abenteuern seine Antwort auf diesen Ruf ihn führen würde, doch für den Moment wusste er zumindest einmal, wohin er gehen würde.

Aber wer hatte schon einmal von Lambarene gehört?

Als ihr Schiff vor der Küste von Westafrika vor Anker ging, wurden die Schweitzers auf ein Flussschiff namens *Alembe* gebracht. Das Schiff war flach und breit und seine zwei Schaufelräder schlugen ins Wasser des Ogowe, als wollten sie seine träge Strömung in Schwung bringen. Der Ogowe war ein Netz aus breiten Flüssen. Von seinem Ursprung im Kongo aus verschwanden seine Arme so unmerklich im Urwald, dass schwer zu sagen war, wo das Wasser endete und der Dschungel begann.

Nach einer langen Seereise und einem dreitägigen, erbarmungslosen Sturm, der furchterregend und sehr heftig gewesen war, erschien das träge Wasser des Ogowe wie eine willkommene Entspannung. Während der Steuermann das Schiff durch die Untiefen lenkte und dabei sorgfältig allen Sandbänken auswich, standen die Schweitzers an der Reling wie Kinder, für die ein Traum Wirklichkeit wird – ein Traum, der lebendiger war, als Schulbücher ihn je hätten darstellen oder ihre Kindheitsfantasien ihn hätten ausdenken können.

An den Ufern sah das Ehepaar ineinander verschlungene Wurzeln, dicke Büschel von Papyrusstauden, Blütenstränge, die sich durch die üppige Vegetation woben. Große, schlanke Palmen standen da, jede Krone scheinbar eine Explosion von Grün. Riesige Farnwedel ragten in alle Richtungen. Der glänzende Rücken eines Flusspferdes durchbrach die Oberfläche des gelben Wassers, als das Tier seine Nüstern schnaubend zum Atemholen hinausstreckte. Ein Rascheln in den Zweigen war zu hören, als ein bunt gefiederter Vogel sich in die Lüfte schwang. Auf anderen Ästen saßen Affen, die lauthals miteinander stritten.

Als sie sich spätabends einer Ansammlung heruntergekommener Hütten näherten, unterhielt sich Albert Schweitzer mit einem französischen Händler. Die Menschen in der Siedlung bewegten sich träge, wenn sie überhaupt ihre Plätze verließen.

»Als ich vor fünfzehn Jahren hierherkam«, sagte der Händler, »waren diese Orte blühende Dörfer.«

»Und warum heute nicht mehr?«, fragte Schweitzer.

»L'alcohol«, antwortete der Händler leise.

Die Europäer exportierten Alkohol nach Afrika, nebst verschiedenen Krankheiten, die hier zuvor unbekannt gewesen waren. Schweitzer überlegte einen Moment und sagte dann: »Ich frage mich, ob der Segen, den wir den Einheimischen bringen, das Böse aufwiegt, das mit ihm einhergeht.«

Der Händler zuckte skeptisch die Schultern und fragte dann: »Was bringt einen so gebildeten und kultivierten Mann wie Sie nach Afrika? Man kehrt dem Ganzen doch nicht einfach den Rücken zu. Da steckt doch sicher eine Geschichte dahinter?«

»Eine *lange* Geschichte«, erwiderte Schweitzer und zog ein Taschentuch aus seiner Hosentasche.

»Es ist eine lange Reise.«

Albert Schweitzer nahm seinen Tropenhelm ab, wischte sich mit dem Taschentuch die Stirn ab und tupfte sich den Hals trocken. »Mein Mitgefühl für die Not der Afrikaner wurde bereits in meiner Kindheit geboren, als ich die Predigten meines Vaters hörte. Einmal im Monat sprach er über Mission. Eines Sonntags las er aus den Memoiren von Eugène Casalis vor, der Missionar bei den Basutos war. Das beeindruckte mich und ich dachte zum ersten Mal daran, Missionar zu werden. Das nächste Erlebnis war in Colmar. Dort gab es ein Denkmal, das von Bartholdi stammte, dem Schöpfer der Freiheitsstatue.«

»Ich war schon in Colmar«, sagte der Händler. »Ich kenne das Denkmal.«

»Am Sockel befindet sich die Skulptur eines afrikanischen Sklaven, der sich dagegenlehnt – stark und muskulös, doch unübersehbar traurig. Das Elend von ganz Afrika liegt in seinem Gesichtsausdruck. Ich konnte es spüren. Das habe ich nie vergessen. Jedes Mal, wenn wir mit der Familie nach Colmar kamen, ging ich wieder zu diesem Mann am Sockel des Denkmals. Und jedes Mal spürte ich das gleiche Elend. Zu einem späteren Zeitpunkt in meinem Leben berührte mich ein Gleichnis von Jesus und ich hatte das Gefühl, als drückte es mir seinen Finger auf die Brust, so wie der Prophet Nathan mit dem Gleichnis, das er David erzählte, seinen Finger auf dessen Brust drückte.«

»Welches Gleichnis war das?«

»Das Gleichnis vom reichen Mann und vom armen Lazarus schien mir auf uns geredet zu sein. Wir sind der reiche Mann, weil wir durch die Fortschritte der Medizin im Besitze vieler Kenntnisse und Mittel gegen Krankheit und Schmerz sind. Die unermeßlichen Vorteile dieses Reichtums nehmen wir als etwas Selbstverständliches hin. Draußen in den Kolonien aber sitzt der arme Lazarus, das Volk der Farbigen, das der Krankheit und dem Schmerz ebenso wie wir, ja, noch mehr als wir unterworfen ist und keine Mittel besitzt, um ihnen zu begegnen. Wie der Reiche sich aus Gedankenlosigkeit gegen den Armen vor seiner Türe versündigte, weil er sich nicht in seine Lage versetzte und sein Herz nicht reden ließ, also auch wir.«[9]

»Warum Lambarene?«, fragte der Händler. »Das ist nicht einmal eine Stadt, sondern es gibt hier nur Sumpf und Urwald und ein paar Schilfhütten. Etwas weiter entfernt werden Sie zwar jede Menge Hartholz und ein Sägewerk finden. Es gibt auch ein paar Handelsposten und eine kleine Missionsstation mit einer Schule. Aber sehr viel mehr ist es nicht.«

»Das ist eine andere Geschichte.«

»Gut«, sagte der Händler. »Das wird uns die Reise verkürzen.«

»Mir fiel eine Zeitschrift in die Hände – ausgerechnet eine Zeitschrift. Ich kann mich noch ganz genau an den Tag erinnern. Es war an einem Herbstmorgen im Jahr 1904 und durch das Fenster in meinem Zimmer am Theologischen Seminar fiel ein schmaler Sonnenstrahl – genau auf eine Zeitschrift auf meinem Schreibtisch. Es war eine Zeitschrift mit grünem Umschlag von der Pariser Missionsgesellschaft. Casalis war einer ihrer Missionare, und darum hatte ich sie abonniert. Ich nahm sie zur Hand und schlug eine beliebige Seite auf. Dort stand: ›Was der Kongomission nottut.‹ Der Artikel war vom Missionsdirektor Alfred Boegner. In dem Artikel appellierte er an seine Leser, dass einige von ihnen – mit seinen eigenen Worten, ›auf denen bereits der Blick des Meisters ruhe‹, doch dem Ruf in diese dringend nötige Arbeit folgen mögen. ›Menschen, die auf den Wink des Meisters einfach mit: Herr, ich mache mich auf den Weg, antworten.‹ Der Artikel schloss mit den Worten: ›Dieser bedarf die Kirche.‹[10] – Als ich den Artikel gelesen hatte, wusste ich, dass meine Suche vorbei war.«

»Das ist ja alles sehr mystisch«, bemerkte der Händler. »Bei Ihrer Bildung hätte ich Sie für einen rationalen Mann gehalten.«

»Gott hat Glauben und Verstand harmonisch vereint. Der Mensch ist es, der sie voneinander trennt. Je mehr ich Jesus verstehe, desto mehr beeindruckt mich, wie er Glauben und gesunden Menschenverstand verband. Am Ende erschien es mir als das Rationalste, was ich mit meinem Leben anfangen konnte – vielleicht als das *einzig* Rationale.« Schweitzer blickte dem Franzosen in die Augen. »Und Sie? Was hat Sie hierhergebracht?«

Der Mann deutete auf die Anlegestelle am Flussufer, wo einige Afrikaner für den Export bestimmte Baumstämme stapelten. »Holz. Eine *rein* rationale Entscheidung, das kann ich Ihnen versichern. Ich bin nur aus einem einzigen Grund gekommen – um Geld zu verdienen. Rationaler geht es nicht.«

Fünf Stunden später kam die Böschung am Flussufer von Lambarene langsam in Sicht. Der Dampfer gab mit einem Pfiff dem Dorf das Signal, sich auf seine Ankunft vorzubereiten. Plötzlich schwirrte es in der Siedlung nur so vor Leben und Bewegung. Jungen bestiegen hastig ihre Kanus und paddelten auf das Schiff zu, um seine Fracht abzuladen. Sie standen in ihren Booten und trieben ihre ausgehöhlten Kanus mit langen Stangen voran.

Eine lange Piroge[11] näherte sich rasch, angetrieben von einer Gruppe von Jungen, die fröhlich sangen. Ein Mann stand im Heck des Bootes und rief: »Guten Tag, Dr. Schweitzer! Ich bin Herr Christol von der Missionsstation!«

Albert und Helene begrüßten ihn, doch ihre Stimmen wurden bald von dem aufgeregten Geplapper der Jungen auf dem Boot übertönt.

»Sie haben gerade das Wettrennen gegen die ältere Gruppe gewonnen«, erklärte Herr Christol. »Da kommen sie.«

Albert bemerkte ein weiteres Kanu, das sich rasch näherte und in dem eine zweite Gruppe von Jungen auf das Schiff zusteuerte.

»Der Sieger darf Sie zur Missionsstation begleiten.«

Lauter Jubel erschallte von den Jungen, als sich das Ehepaar vorsichtig in dem Kanu niederließ. Albert bedeutete seiner Frau, sie solle vor ihm sitzen – er wollte sich stets vergewissern können, dass sie in Sicherheit war. Sie sollten noch einige Wochen warten müssen, bis die über siebzig Kisten, die ihre medizinische Ausrüstung enthielten, endlich in der Missionsstation eintrafen. Albert und Helene hatten nur ihre persönlichen Habseligkeiten und einige grundlegende medizinische Utensilien bei sich.

»Wie weit ist es bis zur Missionsstation?« Argwöhnisch beäugte Albert das gelbliche Wasser, das gegen das Boot schlug. Das Kanu schien bedenklich tief im Fluss zu liegen.

»Andende ist nur eine Stunde entfernt«, erwiderte Herr Christol, während die Jungen wieder zu den langen, schlanken Stangen griffen und zu stochern begannen. Das zweite Boot folgte ihnen mit dem Gepäck.

»Das ist Herr Ellenberger.« Herr Christol deutete auf den Mann, der die Jungen in dem anderen Boot beaufsichtigte. »Wir sind Lehrer in der Missionsstation.«

»Danke, dass Sie den weiten Weg auf sich genommen haben, um uns abzuholen.«

Einen Augenblick lang dachte Albert über die Schwierigkeiten nach, die er gehabt hatte, bevor er die Erlaubnis erhielt, sich der Missionsgesellschaft als Arzt anzuschließen. Es war problematisch gewesen, von der traditionsbewussten Pariser Missionsgesellschaft angenommen zu werden. Dass Schweitzers Ansichten über den christlichen Glauben nicht fein säuberlich ins Schema des Christentums des frühen 20. Jahrhunderts passten, war weithin bekannt. Er vertrat die Auffassung, dass Jesu Lehre stark genug war, um Denken und Nachdenken auszuhalten, statt einfach nur geglaubt zu werden. Mit der Bergpredigt forderte Jesus von Nazareth seine Nachfolger auf, im Sinne der Gerechtigkeit zu handeln, die sie durch den Heiligen Geist erkennen könnten, und ihren Glauben konkret zu leben. Natürlich schätzte Albert Schweitzer die Geschichte und Lehre der Kirche, doch er hielt es für wichtiger, Jesu »Religion der Liebe« im praktischen Dienst an der Menschheit zu folgen, als einfach nur jeden dogmatischen Pinselstrich zu glauben.

> [Jesus] formuliert keine »Glaubenslehre«. Eine Beurteilung des Glaubens auf irgendwelche dogmatische Richtigkeit hin liegt ihm fern …
>
> *Überdies ist Jesu Religion der Liebe von dem Dogmatischen frei geworden … Nun sind wir berechtigt, die Religion Jesu ihrem unmittelbaren geistigen ethischen Wesen nach in unserem Denken lebendig werden zu lassen … weil ich gewiß bin, daß Wahrhaftigkeit in allem zum Geiste Jesu gehört.*[12]

Die herzliche Begrüßung von den Lehrern zerstreute seine Sorgen darüber, wie das Personal der Missionsstation wohl auf seine Ankunft reagieren würde. Bald sollte er entdecken, dass die dogmatischen Fragen, die für das Komitee in Paris ein so starker Faktor gewesen waren, bei der täglichen Arbeit im Urwald nicht das gleiche Gewicht hatten. Hier mussten die Missionare oder Lehrer sich schlicht an die grundlegende Lehre des Evangeliums halten, wenn sie verstanden werden wollten: an Gottes Liebe und Barmherzigkeit.

Schweitzer entspannte sich in dem Kanu und nahm die Aussicht in sich auf. Während die grelle Sonne am Himmel tiefer sank, bogen die Boote auf einen Seitenarm des Hauptflusses Ogowe ab. Ein Junge deutete auf einen Hügel, der im Licht der untergehenden Sonne strahlte. Weiße Häuser und Gebäude ragten zwischen den Bäumen hervor wie winzige weiße Blumen aus Kleebüscheln. *Unter ihnen,* mutmaßte Albert Schweitzer, *wird ein neues Krankenhaus sein. Und unser neues Zuhause.*

Bei ihrer Ankunft in der protestantischen Missionsstation der Pariser Missionsgesellschaft wurden sie von Frau Christol, der Lehrerin Fräulein Humbert, einem Handwerkermissionar namens Herrn Kast und einigen ortsansässigen Personen begrüßt. Die Lehrer führten Albert und Helene zu ihrem bescheidenen Holzhaus, das von den Kindern mit Palmwedeln und Blumen geschmückt worden war. Es stand auf einer Konstruktion aus Eisenpfählen etwa fünfzig Zentimeter über dem Boden, um zu verhindern, dass in der Regenzeit das durchströmende Wasser das Fundament auswusch. Eine Veranda zog sich ganz um das Haus, das aus vier kleinen Zimmern bestand. Die Schweitzers hatten kaum Zeit zum Auspacken, als schon die Glocke das Abendgebet im Schulraum ankündigte. Albert und Helene setzten sich zusammen draußen auf eine hölzerne Umzugskiste und lauschten den Gebeten der Kinder. Das Ehepaar hielt sich bei den Händen und hörte tief bewegt zu.

Nach dem Abendessen präsentierten die Kinder ein musikalisches Programm zu Ehren des Arztes und seiner Frau.

»Diese Strophen habe ich noch nie gehört«, bemerkte Frau Schweitzer.

»Herr Ellenberger hat sie extra für Ihre Ankunft geschrieben«, kam die rührende Antwort.

Als die Festlichkeiten vorüber waren, brachte man die beiden zurück zu ihrem Haus, wo sie sich auf ihren Betten ausstreckten, nachdem sie einige Spinnen und Kakerlaken verjagt hatten. Die schwüle Nachtluft und die Sinfonie der nächtlichen Klänge wehten durch die Fenster in ihr Zimmer. Sie waren erschöpft, aber begeistert.

Endlich waren sie in Afrika!

Kapitel 3

Zu Hause zwischen den Hügeln

Liebe läßt sich nicht reglementieren. Sie gebietet in absoluter Weise. Jeder von uns muß in subjektiver Weise den Entscheid treffen, wie weit er in der Ausführung der grenzenlosen Gebote der Liebe gehen kann.[13]

Albert Schweitzer

1913–1914

Der dichte Wald mit seinem Mix aus unverfälschten Lauten weckte Albert Schweitzer an seinem ersten Morgen in Afrika. Er trat hinaus auf die breite Veranda und ließ den Blick über das Bild schweifen, das sich ihm bot. Das Haus lag recht weit unten am Hang eines sanften Hügels. Zwei weitere Hügel flankierten ihn, und weiß getünchte Gebäude standen wie Tupfer in der Landschaft. Jenseits der Hügel zogen sich Mündungen des Ogowe entlang, dessen Hauptteil am Fuß des Hügels vorbeiströmte. Dichte Vegetation wucherte vom Flussufer her, und in den Zweigen wimmelte es von pulsierendem Leben.

Nach dem Frühstück wurden Dr. Schweitzer und seine Frau eingeladen, sich das Gelände der Missionsstation genauer anzuschauen. Sie trugen Tropenhelme zum Schutz vor der unbarmherzig brennenden Sonne. Hinter ihrem Haus, an den Hang des Hügels geschmiegt, befanden sich die Quartiere der Missionare. Kleine Gärten waren um die Schulräume und Gebäude, die wie Wohnheime aussahen, angelegt worden. Albert fiel auf, wie baufällig die meisten Holzgebäude und wie termitenzerfressen die Veranden und Schilfdächer waren. Am Rand der Gebäude wuchsen viele verschiedene Früchte – Zitronen, Orangen, Mangos – sowie Kokosstauden und Palmen.

»Woher kommen die Obstbäume?«, wollte er wissen. Ihm war aufgefallen, welchen Kontrast sie zu dem dichten Urwald boten, der am Rand der Lichtung begann. Sie war durch eine natürliche »Hecke« aus Gebüsch abgegrenzt. Er wusste, dass diese Früchte auch wild im Dschungel wuchsen.

»Sie wurden vor fast vierzig Jahren von den ersten Missionaren hier gepflanzt.«

»Es gibt keine Straßen«, bemerkte Frau Schweitzer.

Herr Christol zeigte auf den Fluss. »Das ist die einzige Straße, die Sie hier finden werden. Einen anderen Weg durch den Urwald gibt es nicht.«

»Wie sicher ist der Fluss?«

»Ziemlich sicher, würde ich sagen. Solange man den Flusspferdherden aus dem Weg geht und auf Krokodile achtet. Zweifellos ist Ihnen aufgefallen, dass wir uns nahe am Ufer und weniger in der Flussmitte gehalten haben, um die Stromschnellen zu meiden. Das ist sicherer. Ein Problem gibt es nur, wenn Giftschlangen von den herabhängenden Zweigen ins Boot fallen.«

»Und kommt das häufig vor?«

»Mir ist es noch nicht passiert.« Herr Christol lachte gutmütig. »*Noch* nicht.«

Sie waren am Ende ihrer kleinen Besichtigungsrunde angelangt, doch über etwas Wichtiges wollte Albert Schweitzer noch sprechen: »Ich habe gar kein Baumaterial gesehen.«

»Baumaterial?«

»Ja. Holz und Wellbleche. Das Material, das ich brauche, um das Krankenhaus zu bauen. Und wo soll es gebaut werden?«

»Ich glaube, das ist noch nicht entschieden.«

Dr. Schweitzer verdaute diese entmutigende Information und schrieb in Gedanken schon eine Liste von Materialien, die er brauchen würde. Die meisten davon konnte er beim örtlichen Holzhandel bekommen. Holz war ein großes Geschäft in Lambarene – genau genommen war es fast das einzige Geschäft dort.

Sein Gedankengang wurde unterbrochen, als ein junger Missionsschüler herbeigerannt kam und ihn aufgeregt ansprach. »Doktor, Doktor, die Patienten sind gekommen. Sie warten auf Sie!«

»Patienten?« Dr. Schweitzer war sichtlich aufgebracht. »Ich hatte doch gebeten, mir nach meiner Ankunft drei Wochen Zeit zu geben, damit ich das Krankenhaus vorbereiten kann.«

Seine Frau trat nahe an ihn heran. »Warum *empfangen* wir nicht wenigstens die Patienten?«

Ihr Lächeln überzeugte ihn, dem Gefühl der Verantwortung zu folgen, das sich bereits in ihm breitmachte. »Wo sind sie?«

Der Schüler ging den Schweitzers rasch voraus, Herr Christol folgte ihnen. Das Ehepaar wurde zu seinem eigenen Haus geführt, vor dem sich scheinbar aus dem Nichts eine kleine Menschenmenge angesammelt hatte.

Dr. Schweitzer überlegte, welche Möglichkeiten er hatte. Es gab kein Krankenhaus, noch nicht einmal das notwendige Baumaterial. Die Medikamente warteten in Kisten verpackt darauf, auf dem Wasserweg nach Lambarene gebracht zu werden. Obwohl er fließend Deutsch, Französisch und Englisch sprach, beherrschte er keine der hiesigen Sprachen.

»Könnten Sie bitte die Menschen aufteilen? Diejenigen, die Französisch sprechen, auf diese Seite der Veranda, und die anderen auf die Seite dort drüben.« Der Junge kam der Bitte gern nach.

Dann ging Dr. Schweitzer zu denen, die ihn verstehen konnten, und erklärte die Situation. »Guten Morgen. Es tut mir leid, aber ich kann noch keinen von Ihnen behandeln, weil die Medikamente noch nicht eingetroffen sind. Sie werden mit dem nächsten Schiff aus Port Gentil zu uns gebracht. Sobald sie eintreffen, werde ich Sie gern behandeln.« Er unterbrach sich und ein kleines Lächeln trat auf sein Gesicht. »Ein Arzt ohne Medikamente ist wie ein Medizinmann ohne seine Amulette.«

»Wir werden auf den Klang der Schiffssirene warten«, erwiderte ein französischsprachiger Einheimischer und die anderen nickten zustimmend.

Dr. Schweitzer war von der positiven Reaktion ermutigt und fuhr fort: »Ich brauche Hilfe, um das Krankenhaus zu bauen. Es ist unbedingt erforderlich, dass die Kranken einen sicheren und sauberen Platz haben, an dem sie sich erholen können. In den nächsten drei Wochen sollten nur diejenigen, die arbeiten können, hierherkommen und beim Bau helfen. Wenn sie herkommen, müssen sie fähig und bereit sein zu arbeiten. Danach will ich gern alle behandeln, die kommen.«

Der Doktor fragte den Schüler, ob er es für nötig halte, die Botschaft für diejenigen zu übersetzen, die kein Französisch sprachen.

»Ich glaube, alle haben genug verstanden«, erwiderte der Junge.

Die Menschenschar zerstreute sich; viele gingen zurück zu ihren Booten und fuhren wieder flussauf- oder flussabwärts. Bald darauf ertönten die Buschtrommeln und verbreiteten die Nachricht – oder zumindest den Sinn der Nachricht – bis in die entlegensten Dörfer: »Oganga – der weiße Medizinmann – ist zu uns gekommen. Er ist machtlos, bis seine Amulette mit dem nächsten Schiff eintreffen.«

Amulette oder Fetische wurden von den örtlichen Medizinmännern benutzt, um böse Geister zu verjagen. Alle Medizinmänner wurden als »Fetischmänner« betrachtet. Krankheiten wurden damals von den Afrikanern für etwas gehalten, das entweder durch böse Geister oder den Zauber einer anderen Person in den Körper eines Menschen eindrang und dort Unheil anrichtete. Ein anderer weitverbreiteter Glaube war, dass ein Wurm durch einen Körper wanderte und Krankheiten im Bauch oder Kopf hervorrief.[14] Dass Krankheiten auch natürliche Ursachen haben konnten, wurde überhaupt nicht in Betracht gezogen.

Inzwischen war Ellenberger eingetroffen und hatte das Gespräch beobachtet.

»Das haben Sie wunderbar gehandhabt«, versicherte Herr Christol dem Arzt.

»Danke. Aber mir wurde gesagt, dass ein Einheimischer namens N'Zeng mir als Dolmetscher beiseitestehen würde?«

»Wir werden dafür sorgen, dass eines der Kanus die Nachricht, dass Sie eingetroffen sind und seine Hilfe brauchen, an N'Zengs Dorf übermittelt.«

Schweitzer nickte dankbar.

»Eines müssen Sie wissen, Herr Doktor, wenn Sie länger hierbleiben wollen«, fuhr Ellenberger fort. »Diese Eingeborenen werden Sie immer im Stich lassen. Man kann sich nicht auf sie verlassen.«[15]

Albert Schweitzer war kein Mensch, der leichtfertig über andere urteilte. Er wusste, dass es unter den Angehörigen der Völker, die Kolonien in Afrika gegründet hatten, viele Ansichten darüber gab, was das Beste für »die Eingeborenen« war. Allerdings gab es viele, denen egal war, worin das Beste für die afrikanischen Menschen bestand. Sie interessierte nur, was am besten für das Geschäft war.

»Ich weiß Ihre Warnung zu schätzen, Herr Ellenberger.« Albert unterbrach sich, um Luft zu holen und sich den Schweiß von der Stirn zu wischen. »Doch ich habe schon ganz andere Enttäuschungen erlebt als N'Zengs Mangel an Pünktlichkeit. Was ist mit dem Krankenhaus, das ich bei meiner Ankunft vorzufinden erwartete? Oder wenigstens das Baumaterial? Mir wurde mitgeteilt, dass diese Dinge geregelt sein sollten.«

»Davon wissen wir nichts«, erwiderte Herr Ellenberger, und Herr Christol nickte zustimmend. »Sie werden bis zur nächsten Missionssitzung im Juli warten und die Verwaltung fragen müssen.«

»Das werde ich tun.«

Dr. Schweitzer hatte sich jahrelang vorbereitet, Medikamente und Behandlungen studiert, den menschlichen Körper und eine Unzahl von Krankheiten. Nach seiner Zulassung als Arzt belegte er einen speziellen Kurs für Tropenkrankheiten und ihre Therapien, um die Bedürfnisse der afrikanischen Menschen besser verstehen zu können. Allerdings war ihm nicht bewusst gewesen, dass er einen Großteil seiner Zeit für Verwaltung, Planung und sogar ganz normale körperliche Arbeit würde aufwenden müssen.

»Ich bezweifle, dass die Menschen warten können, bis das Krankenhausgebäude fertig ist, besonders, wenn noch nicht einmal der Bauplatz feststeht. Gibt es keinen anderen Raum, den ich in der Zwischenzeit nutzen kann? Vielleicht eines der Klassenzimmer?«

Die Lehrer schüttelten beide den Kopf. »Wir sind bereits überfüllt. Wir haben keinen Platz mehr«, sagte Herr Ellenberger.

»Es sei denn, Sie wollen den alten Hühnerstall nutzen«, warf Herr Christol in einem Versuch, die Stimmung aufzuheitern, ein. Nachdem er alle Möglichkeiten abgewägt hatte, wurde Albert Schweitzer klar, dass der unbenutzte Hühnerstall wohl für den Moment reichen musste. Er griff zu Schaufel und Schrubber und machte sich sofort an die Arbeit. Die Wände wurden verputzt und weiß angestrichen, das Dach repariert, und als drei Wochen später die Sirene die Ankunft seiner medizinischen Ausrüstung aus Port Gentil ankündigte, war das behelfsmäßige Krankenhaus fertig. Bis zu diesem Zeitpunkt hatte Dr. Schweitzer jeden Tag ein paar Patienten behandelt, doch durch die Vorbereitungen, die zu treffen waren, beschränkten sich die Behandlungen auf ein Minimum.

Die siebzig Kisten mit Medikamenten und Ausrüstung wurden in Kanus flussabwärts zur Missionsstation von Lambarene transportiert. Den Rest des Tages verbrachte man damit, diese Kisten mühsam den Hügel zum kleinen Haus der Schweitzers hinaufzutragen, sie sorgfältig auszupacken und ihren Inhalt zu prüfen, um sich zu versichern, dass auf der langen Reise nichts beschädigt worden war.

Als Dr. Schweitzer am nächsten Morgen aus seinem Haus trat, sah er, dass sich wieder eine Menschenmenge versammelt hatte. Er war berührt von all dem Schmerz und all der Traurigkeit in den Gesichtern derer, die auf ihn warteten.

Die meisten, die zur Behandlung kamen, wurden von einem Verwandten begleitet. Die Qual in den Gesichtern der Leidenden spiegelte sich in den Augen ihrer Angehörigen wider. Unsicherheit. Sorge. Angst. Und dennoch Hoffnung. Mit einem Anflug von Besorgnis und einer Welle von Optimismus wurde Dr. Schweitzer bewusst, dass ihre Hoffnung auf seinen medizinischen Fähigkeiten lag. Ein starkes Gefühl der Verantwortung für die leidenden Menschen überkam ihn. *Ist es das, was gemeint ist, wenn es heißt: »Es ergriff ihn tiefes Mitgefühl«?*, überlegte er und dachte darüber nach, wie oft diese Formulierung in den Evangelien vorkam.

Helene stand hinter Albert. »Es sind so viele, dass sie ein ganzes Krankenhaus füllen würden«, flüsterte sie.

»Und wir haben nichts weiter als eine Veranda. Aber wir können nicht noch länger warten. Wir müssen anfangen.«

Und so begann ihre Arbeit. Dr. Schweitzer untersuchte die Patienten auf der Veranda und seine Frau reichte ihm die nötigen Utensilien durch die Tür, vor die ein Fliegengitter gespannt war. Sie waren den ganzen Vormittag beschäftigt, bis ein plötzlicher Regenguss kurz vor dem Mittagessen über dem Dorf hereinbrach. Er endete so plötzlich, wie er begonnen hatte, doch Dr. Schweitzer wurde bewusst, dass er den Hühnerstall als behelfsmäßiges Krankenhaus würde nutzen müssen.

Für den Moment musste das ausreichen. Er hoffte nur, dass niemand eine größere Operation brauchte, bis das Krankenhaus gebaut war. Der Stall war zwar gereinigt und renoviert worden, doch er konnte sich nicht vorstellen, jemanden in einem alten Hühnerstall zu operieren.

Einer der ersten Patienten von Dr. Schweitzer, ein junger Mann namens Joseph Azowani aus dem Stamm der Galoa, bot an, auf der Missionsstation zu bleiben. Er war Albert Schweitzers erster Assistent und fungierte auch als Dolmetscher. Da er als Koch für eine europäische Familie gearbeitet hatte, sprach er fließend Französisch, und Dr. Schweitzer fand seine Hilfe in vielerlei Hinsicht nützlich. Manchmal allerdings sorgte sein Kochvokabular für Verwirrung: »Dieser Mann hat Weh im rechten Gigot« oder: »Diese Frau hat Schmerzen in den oberen linken Koteletten und im Filet.«[16]

Bald danach traf auch N'Zeng ein, der Assistent, den Dr. Schweitzer ursprünglich erwartet hatte. N'Zeng gehörte zum Volk der Fang, Joseph war ein Galoa. Dr. Schweitzer behielt beide als Assistenten, da sie sich gut mit ihren jeweiligen Stammesangehörigen, die im Krankenhaus behandelt wurden, verständigen konnten.

Jeden Morgen lasen sie ein halbes Dutzend Regeln vor, jeweils sowohl in ihrer eigenen Sprache als auch auf Französisch:

»***Hausordnung des Doktors***

1. Es ist verboten, in der Nähe des Doktorhauses auf den Boden zu spucken.
2. Es ist den Wartenden untersagt, sich miteinander laut zu unterhalten.
3. Die Kranken und ihre Begleiter sollen für einen Tag Nahrung mitbringen, da nicht alle schon morgens behandelt werden können.
4. Wer ohne Erlaubnis des Doktors die Nacht auf dem Boden der Station verbringt, wird ohne Medikamente weggeschickt. (Es kam nämlich nicht selten vor, dass von weit her gekommene Patienten nachts in den Schlafsaal der Schulknaben eindrangen, sie vor die Tür setzten und ihre Plätze einnahmen.)
5. Die Flaschen und die Blechschachteln, in denen man die Medikamente erhält, müssen wieder zurückgebracht werden.
6. Wenn das Schiff in der Mitte des Monats den Strom hinaufgefahren ist, soll man außer in dringenden Fällen den Doktor nicht aufsuchen, bis das Schiff wieder heruntergefahren ist, da er während jener Tage um die guten Medikamente nach Europa schreibt.«[17]

Die Tage vergingen rasch, und aus Tagen wurden Wochen und Monate. Die Patienten brauchten ständige Aufmerksamkeit und Pflege, und es war nicht leicht, das gesamte Unterfangen zwischen Wohnhaus und Hühnerstall zu bewerkstelligen. Dr. Schweitzer wusste, dass sie, wenn im Mai die Trockenzeit begann, sich darauf konzentrieren mussten, so schnell wie möglich ein richtiges Krankenhaus zu bauen, bevor im September wieder die Regenzeit kam.

Trotz allem wurde das Herz des Doktors von einer tiefen Zufriedenheit erfüllt, als er sah, wie Menschen wieder zu Kräften kamen und ihre Schmerzen schwanden. Es war nicht einfach gewesen, die vielen Einwände und Gegenargumente seiner Freunde und Familie zu ignorieren und sich so tief in den afrikanischen Urwald vorzuwagen, doch »allein die Freude der mit Geschwüren Behafteten zu sehen, wenn sie endlich einmal sauber verbunden sind und mit ihren wunden Füßen nicht immer im Schmutz laufen müssen, wäre es wert, daß man hier arbeitete«[18].

Ende Juli stand Dr. Schweitzer eines Morgens sehr früh auf, noch lange vor Tagesanbruch. Er begab sich hinunter zum Flussufer und trat in eine lange Piroge, wo Herr Ellenberger und Herr Christol bereits mit einem Dutzend Ruderer warteten. Er nahm seinen Platz in einem Klappstuhl in der Nähe des Bugs ein; das Gepäck – Matratzen, Blechkisten und jede Menge Bananen als Reiseproviant für die Einheimischen – war hinter ihnen in der Mitte des Bootes verstaut. Sie waren unterwegs zur Missionskonferenz, die im knapp sechzig Kilometer stromaufwärts gelegenen Samkita stattfand. Es war Dr. Schweitzers erste längere Reise in einem Kanu.

Sie legten ab und die Einheimischen sangen – so blieben die Ruderer im gleichen Takt. Das Lied begann mit humorvollen Versen darüber, dass man so früh hatte aufstehen müssen. Das erste Morgenlicht brach durch den Himmel, als sie auf einen Hauptabschnitt des Ogowe einbogen und sich dunkle Formen zeigten, die sich im Wasser vor ihnen bewegten. Das Singen verstummte. Rasch lenkten die Ruderer das Boot zur Flussmitte und machten einen weiten Bogen um die Tiere. Hier sah Dr. Schweitzer zum ersten Mal eine Flusspferdherde. Er hatte gehört, welchen Schaden sie bei Booten anrichten konnten. Nur allzu oft kam es vor, dass ein Flusspferd unter- und direkt unter einem Kanu wieder auftauchte, sodass das Boot in tausend Stücke zerbrach und seine Insassen um ihr Leben schwimmen mussten, wenn sie den brutalen Zähnen der Tiere entgehen wollten. Diese Reise allerdings barg keine solchen Gefahren, sehr zur Erleichterung der fünfzehn Männer in dem hölzernen Kanu.

Auf dem Weg stromaufwärts dachte Albert Schweitzer, dass er sich an der üppigen Vegetation auf beiden Flussseiten wohl nie sattsehen würde. Es war schwer zu erkennen, wo der Fluss endete und das Land begann. Riesige Wurzeln wuchsen ins Wasser hinein, um sie schlängelten sich bunt blühende Kriechpflanzen. Nahe am Ufer ragten die geraden, schlanken Palmstämme aus dem Wasser. Hinter ihnen wuchsen weitere Palmen in größeren Gruppen; dazwischen waren immer wieder knorrige Stämme von gewöhnlichen Bäumen zu sehen, deren Äste sich weit ausspannten und zwischen deren breiten grünen Blättern das Sonnenlicht in schmalen Strahlen hindurchfiel. Hier und dort erhoben sich die tiefgrünen Nadeln einer Kiefer hoch über das Blätterdach.

Je höher die Sonne stieg, desto mehr brannten ihre Strahlen, die vom Wasser zurückgeworfen wurden, auf der Haut der Reisenden. Dr. Schweitzer wischte sich den Schweiß vom Gesicht und rückte seinen Tropenhelm gerade. Sicher war es heiß darunter, doch er wusste, dass er es nicht einmal für kurze Zeit riskieren konnte, den Hut abzunehmen. Die Sonneneinstrahlung war einfach zu stark. Es war bekannt, dass selbst eine halbe Stunde in der spätnachmittäglichen Sonne von Westgabun, das nur fünfzig Kilometer vom Äquator entfernt war, hohes Fieber und ein Delirium oder einen Sonnenstich verursachen konnte.

»Passen Sie auf diese Fliegen auf«, meldete sich Herr Christol zu Wort, während er eines jener winzigen Geschöpfe von seiner dunkelgelben Kleidung verscheuchte.

Dr. Schweitzer waren die Fliegen aufgefallen, die nur etwa halb so groß waren wie die Stubenfliegen, die er aus Europa gewohnt war. »Die Tsetsefliege. Erstaunlich, wie etwas so Kleines eine so verheerende Krankheit wie die Schlafkrankheit verursachen kann. Ich glaube, auf mir ist noch keine einzige gelandet. Vielleicht mögen sie Sie mehr, Herr Christol.«

»Nein. Schauen Sie doch, wie sie auch die Eingeborenen umschwärmen«, bemerkte Herr Ellenberger. »Es liegt an der Farbe. Sie und ich tragen weiße Kleidung, Doktor. Diese Fliegen sind schlau. Sie landen nicht, wo sie leicht gesehen und erschlagen werden können.«

»Vielleicht wäre es klug, auf dem Rückweg etwas Weißes zu tragen, Herr Christol.«

Der Mann antwortete seinen Kollegen mit einem gereizten Lächeln, während er eine weitere Fliege von seiner Kleidung scheuchte. Er wusste, dass das Insekt leicht durch die Kleider hindurch in die Haut stechen konnte.

Am Mittag lenkten die Männer die Piroge in flacheres Wasser und an einen Landesteg in der Nähe eines kleinen Dorfes. Die zwölf Ruderer nahmen ihren einzigen Proviant – die Bananen – und brieten sie, während Dr. Schweitzer und die beiden Lehrer ihre Ananas genossen. Der süßsaure Saft stillte auch ihren Durst.

Ihr Ziel erreichten sie am späten Abend. Sie blieben eine Woche in Samkita. Dr. Schweitzer war erfreut über die Reaktionen auf seine Bitten.

Der ursprüngliche Plan war gewesen, dass die Krankenhausgebäude an einer etwas entlegeneren Stelle auf dem Gelände der Missionsstation erbaut werden sollten, doch jetzt konnte er sie näher an seinem Wohnhaus errichten. Außerdem bekam er jetzt ein Budget, mit dem er arbeiten konnte; die Missionsgesellschaft stellte ihm für den Bau sogar viertausend Franc zur Verfügung.

Die nächste Herausforderung bestand darin, Arbeiter zu finden, die bereit waren, das Land zu roden. Es war ein kleines Wunder, als ein Holzhändler die Missionsstation besuchte und einwilligte, Dr. Schweitzer acht seiner starken Arbeiter einsetzen zu lassen. Binnen zwei Tagen war das Land eben und bereit für den Baubeginn. Der Arzt hatte bereits darüber nachgedacht, wie das Krankenhaus am besten anzulegen war, und grobe Skizzen angefertigt.

Ihm war bewusst, dass die Dynamik dieser völlig anderen Kultur und Tradition es nicht zulassen würde, das Krankenhaus dem ursprünglichen Entwurf entsprechend zu bauen. Täglich kamen zwischen dreißig und vierzig Kranke oder Verletzte. Manchmal wurden sie einfach am Landesteg abgesetzt. Meistens begleiteten Familienmitglieder die Patienten. Die Angehörigen blieben während der gesamten Genesungszeit bei den Patienten und brauchten ebenfalls eine Unterkunft und meistens auch Verpflegung.

Mitte August brachte man eines Morgens einen Mann mit starken Schmerzen ins Sprechzimmer. Sein Gesicht war schmerzverzerrt. Eine Untersuchung zeigte Dr. Schweitzer rasch, dass der Mann an einem eingeklemmten Leistenbruch litt. Der Arzt musste nicht erst davon überzeugt werden, dass eine Operation nötig war, um das Leben dieses Mannes zu retten.

»Ich muss sofort operieren«, informierte Dr. Schweitzer seine Frau. »Schade, dass das neue Gebäude noch nicht fertig ist.«

Frau Schweitzer eilte aus dem alten Hühnerstall und rannte in Herrn Christols Klassenzimmer. Die Schüler waren zum Mittagessen gegangen, und der Raum war leer. Als er von der Situation hörte, stellte Herr Christol unverzüglich sein Klassenzimmer zur Verfügung. »Die Schüler können den Nachmittag freibekommen. Ich lasse den Raum antiseptisch reinigen.«

»Danke. Wir kommen dann bald mit dem Patienten.«

Dr. Schweitzer präparierte die Instrumente, während seine Frau die Narkose vorbereitete. Der Patient wurde in das Klassenzimmer gebracht und Albert Schweitzer führte seine erste größere Operation in Afrika durch. Sie war ein voller Erfolg.

Der Arzt beobachtete, dass Leistenbrüche in Lambarene recht häufig vorkamen, häufiger als in Europa. Mit gemischten Gefühlen wurde ihm klar, dass Patienten, die an einem eingeklemmten Leistenbruch litten, einen qualvollen Tod starben, wenn kein Arzt in der Nähe war – einen Tod, den eine rechtzeitige Operation hätte verhindern können.

Die Menschen in Lambarene litten an einer Reihe von Krankheiten, die schwerwiegender waren, als Dr. Schweitzer es erwartet hatte. Unter den Krankheiten, die er in seinen ersten Monaten dort behandelte, waren Lepra, Hauterkrankungen, Malaria, Herzprobleme, Ruhr, Geschwüre, Harnwegserkrankungen und die gefürchtete Schlafkrankheit.

Wenn ein Patient das Krankenhaus verließ, bekam er ein rundes Stück Pappe, das an einer Schnur befestigt war. Darauf stand eine individuelle Nummer, die der Nummer seiner Krankenakte entsprach. Darin waren Krankheit, Behandlung und andere wichtige Informationen festgehalten. Zunächst vermutete Dr. Schweitzer, dass diese Plaketten ebenso verloren gehen würden wie Medizinflaschen und viele andere Gegenstände, die verliehen wurden, aber nie den Weg zurück ins Krankenhaus fanden. Doch die nummerierten Pappstücke verloren oder verlegten die Patienten nur selten; sie betrachteten sie als eine Art Fetisch und trugen sie ständig.

Fetische bestanden oft aus Gegenständen, die in einem kleinen Beutel, einem Kästchen oder einem Büffelhorn aufbewahrt wurden. Alles Mögliche konnte ein Fetisch sein: ein wenig Erde, rote Federn, Leopardenkrallen oder -zähne, Glocken aus Europa (die sehr beliebt wurden, als der Handel im 18. Jahrhundert aufblühte) und meistens ein Stück eines menschlichen Schädels – der von einem Toten stammen musste, der gezielt als »Fetischspender« getötet worden war. Man glaubte, dass Fetische die Macht besaßen, ihrem Besitzer Glück und Erfolg zu bringen oder Pech, Krankheit oder den Tod für denjenigen, dem ihr Besitzer schaden wollte.

Frau Schweitzer übernahm die Aufgabe, für ihren Mann die Operationen vorzubereiten, ihm währenddessen zu assistieren und den Genesungsprozess der schwereren Fälle zu überwachen. Sie sorgte außerdem dafür, dass die Instrumente stets sterilisiert und in gutem Zustand waren, legte Patienten Verbände an und stellte sicher, dass die Bettwäsche immer sauber war. Die Pflichten im Krankenhaus kamen zu den vielen Aspekten der Haushaltsführung in der afrikanischen Umgebung hinzu, die mehr Zeit in Anspruch nahmen, als sie es gewohnt war. Doch sie arbeitete tapfer und engagiert.

Zu Beginn ihrer gemeinsamen medizinischen Arbeit bereitete Helene auch noch die Mahlzeiten für die Patienten und ihre Begleiter zu, doch ihrem Mann fiel auf, dass die Afrikaner das Essen nicht zu sich nahmen.

»Joseph«, fragte er seinen Assistenten eines Tages, »mir ist etwas Seltsames aufgefallen. Die Patienten essen nicht die Mahlzeiten, die meine Frau zubereitet, obwohl sie sie nach den hiesigen Rezepten kocht.«

»Doktor, Sie können nicht erwarten, dass sie etwas essen, das von einer Fremden zubereitet wurde. Mein Volk ist sehr misstrauisch. Eine häufige Krankheitsursache hier ist Gift.«

Josephs Antwort überraschte den Arzt. »Aber sie würden doch nicht glauben, dass wir hier versuchen, sie zu vergiften? Wir sind doch nur gekommen, um zu helfen!«

»Nicht Sie oder Madame, aber niemand weiß, wer zufällig vorbeigeht, wer in die Küche kommt und die Kelle berührt, mit der sie kocht. Selbst so etwas wird für die Ursache von Vergiftungen und Krankheit gehalten.«

Dr. Schweitzer war entgeistert. »Aber das reine Vorbeigehen kann doch nicht ...« Er unterbrach sich und seufzte; ihm wurde klar, wie vergeblich eine logische Argumentation war, wenn sie gegen tief verwurzelte Glaubensüberzeugungen stand. »Joseph, die Patienten müssen essen, oder sie erholen sich nicht. Was schlägst du vor?«

»Lassen Sie die Angehörigen das Essen zubereiten. Dann müssen sie auch keine Angst haben, dass unerwünschte Personen sich in der Nähe des Platzes aufhalten, an dem die Mahlzeiten zubereitet werden.«

Dr. Schweitzer erkannte, wie klug Josephs Vorschlag war, und noch am gleichen Abend gab es eine Bekanntmachung: Ein Familienmitglied jedes Patienten war dafür verantwortlich, Proviant zu besorgen sowie für den Patienten und für sich zu kochen. Die Schweitzers ihrerseits gaben jeden Morgen Lebensmittel an die Begleiter aus, die sich in einer Reihe vor dem Lagerhaus aufstellten. Wieder einmal erwies Joseph sich als zuverlässiger Helfer. Er brachte viel Verständnis für die Pflege seiner Landsleute im Krankenhaus mit. Er verstand ihre Ängste, Erwartungen und Gedanken, außerdem sprach er zehn Sprachen – Französisch und Englisch sowie acht regionale Sprachen. Obwohl er nicht lesen und schreiben konnte, prägte er sich das Erscheinungsbild der Worte auf den Medizinflaschen ein und machte nie einen Fehler, wenn er Medikamente für den Doktor holte.

Im November 1913, sieben Monate nach der Ankunft der Schweitzers in Lambarene, war das neue Krankenhausgebäude fertig und bereit für Patienten. Es war ein Gebäude mit vier Räumen: Die zwei größeren Räume waren vier mal vier Meter groß – der äußere Raum diente als Sprechzimmer und der innere als Operationssaal. Zwei kleine Nebenräume fungierten als Apotheke und Sterilisationsraum. Der Boden war aus Beton und das Gebäude selbst aus Wellblech. Seine deckenhohen, großen Fenster machten es möglich, dass die heiße Luft abziehen konnte. In die Fenster war kein Glas eingesetzt, aber ein Insektengitter hielt die Moskitos fern. An den Wänden befanden sich breite Regale, sodass jede Ecke des Gebäudes ausgenutzt wurde.

Sobald das Haupthaus fertiggestellt war, begann die Arbeit an den nächsten Gebäuden – einem Wartesaal und einer Station für Patienten. Doch es war oft schwierig, Arbeiter zu finden. Der blühende Holzhandel beschäftigte die Arbeiter monatelang in den Holzlagern. Albert Schweitzer fand einige Tagelöhner und erklärte ihnen das Projekt. Jeden Abend schaute er nach, wie weit sie gekommen waren, musste aber feststellen, dass keinerlei Arbeit erledigt worden war. Nach ein paar Tagen wurde er ungeduldig über diese scheinbare Faulheit.

»Doktor, schrei nicht so mit uns! Du bist ja selber schuld daran. Bleib bei uns, dann schaffen wir. Aber wenn du im Spital bei den Kranken bist, sind wir allein und tun nichts«[19], erklärte ein Mann freimütig ihre Sichtweise. Sie arbeiteten nur unter Umständen, in denen es notwendig war.

Von diesem Tag an sorgte Dr. Schweitzer dafür, dass er, wenn er Tagelöhner anheuern musste, wenigstens einige Stunden pro Tag bei ihnen sein konnte, damit die Männer auch arbeiteten. Das war eine nützliche Lösung.

Beide Gebäude wurden aus massiven Baumstämmen errichtet, mit Raphiablättern als Zwischenschicht. Die Station für die Patienten war mehr als doppelt so lang wie breit angelegt, und in ihrem Inneren gab es zwei lange Reihen mit einem Mittelgang. Auf jeder Seite hatten acht Betten Platz. Die Patienten und ihre Begleiter zogen sofort vom Bootshaus, wo sie bisher untergebracht gewesen waren, ins Krankenhaus um. Während die Patienten in der Hütte blieben, gingen ihre Begleiter, ausgestattet mit Äxten und Anweisungen, hinaus und bauten die Betten. Diese bestanden aus vier kurzen, oben eingekerbten Pfosten, an die zwei lange Seitenstangen gebunden wurden. Dann wurden kürzere Holzstangen quer über die langen Seitenstangen gelegt und mit Halmen zusammengebunden. Die Matratzen waren denkbar einfach – aus Heu. Die fünfzig Zentimeter unter jedem Bett dienten als Stauraum für Kochutensilien, Bananen und persönlichen Besitz von Patient und Begleiter – der manchmal neben dem Patienten oder auf dem Boden neben dem Bett schlief.

Eines Tages wurde ein schwer kranker Mann auf dem Landesteg am Fluss abgeladen. Er wurde einfach auf den Boden gelegt, ohne dass er auch nur einen Familienangehörigen bei sich hatte, der sich um ihn kümmerte.

»Joseph, bitte ruf ein paar Männer, die helfen können, diesen Mann ins Krankenhaus zu bringen.«

»Doktor, schicken Sie ihn weg. Rufen Sie die Ruderer zurück, damit sie ihn nach Hause in sein Dorf bringen«, widersprach Joseph nachdrücklich.

Albert Schweitzer blieb hart: »Wir verweigern niemandem unsere Hilfe, der sie braucht. Bitte hilf mir, ihn ins Krankenhaus zu tragen. Uns läuft die Zeit davon.«

Joseph gehorchte ohne ein weiteres Wort, doch er wartete nervös vor der Tür, während Dr. Schweitzer den Mann untersuchte.

»Bitte ruf meine Frau. Sie soll die Instrumente für die Operation vorbereiten.« Mit düsterem Gesichtsausdruck kam der Arzt aus dem Sprechzimmer.

»Doktor, bitte operieren Sie diesen Mann nicht«, sagte Joseph leise, aber eindringlich zu ihm.

»Joseph.« Dr. Schweitzers Stimme war streng. »Ich verstehe nicht, warum du zögerst. Wenn wir nicht operieren, wird er sterben.«

»Er wurde von den Medizinmännern seines Stammes weggeschickt. Für ihn besteht keine Hoffnung mehr. Wenn Sie operieren und er stirbt, wird sein Stamm Ihnen die Schuld geben, obwohl sie wissen, dass er sowieso gestorben wäre.«

Endlich verstand Dr. Schweitzer das Zögern seines Assistenten. »Ja, er könnte sterben. Andere, die kommen, könnten auch sterben. Medizin ist kein perfektes Handwerk. Es gibt nicht für jeden Fall ein Heilmittel, doch wir können trotzdem viel tun, um die Schmerzen der Leidenden zu lindern. Ich werde tun, was ich kann, bis ich nichts mehr tun kann.«

»Ich verstehe. Ich werde Madame holen«, erwiderte Joseph und kam dem Wunsch des Arztes nach.

Dr. Schweitzer versuchte, das Gefühl der Beklommenheit zu ignorieren, während er mit geschickten Fingern den Mann operierte. Er wusste, dass noch mehr Menschen zu ihm kommen würden, die keine Hoffnung mehr hatten – außer der Hoffnung auf das, was er zu bieten hatte.

Doch war das genug? Wenn die Operation gelang, würden die Menschen denken, dass er fähig sei, Wunder zu tun. Wenn sie misslang, würden die Medizinmänner mit ihren Amuletten und Arzneien in den umliegenden Dörfern nur noch mehr an Einfluss gewinnen. Albert Schweitzer betete im Stillen, während er die Operation fortsetzte.

Sein Geschick und seine Hingabe wurden belohnt. Der Mann überlebte den Eingriff. Langsam wachte er aus der Narkose auf, und seine Augen wurden klarer. Dann streckte er den Arm aus und ergriff Dr. Schweitzers Hand. »Die Schmerzen! Die Schmerzen sind verschwunden!« Der Arzt lächelte und drückte fest die Hand des Mannes.

Albert Schweitzers erste Operationen in Lambarene waren alle erfolgreich. Einige Zeit später erklärte er seinen Helfern und den Begleitern der Patienten, was ihn als Arzt nach Afrika gebracht hatte: Sein Vorbild war Jesus, der sich um die Notleidenden kümmerte und die Kranken heilte. Als sie so zusammensaßen, freute sich Dr. Schweitzer über die Wahrheit der Worte: »Ihr aber seid alle Brüder« (Matthäus 23,8).[20]

Während des ersten Jahres durften sich Dr. Schweitzer und seine Frau guter Gesundheit erfreuen, obwohl sie ständig von kranken und leidenden Menschen umgeben waren. Das empfanden sie als Segen, denn sie mussten neben einer Reihe anderer Pflichten täglich für viele Menschen sorgen.

Anfang 1914 nahm Albert Schweitzer ein zeitraubendes und teures Bauprojekt in Angriff – ein Haus für Opfer der Schlafkrankheit. Die Schlafkrankheit (*Trypanosomiasis*) existierte schon seit einiger Zeit, doch die begrenzten Reisemöglichkeiten hatten bisher größere Epidemien verhindert. Als allerdings europäische Händler begannen, nach Äquatorialafrika zu reisen, stellten sie Einheimische als Arbeiter und Diener ein. In den Fällen, in denen Einheimische Infektionsträger der Schlafkrankheit waren, verbreiteten sie sie von Ort zu Ort. Dreißig Jahre bevor Albert Schweitzer in Afrika eintraf, war die Schlafkrankheit entlang des Ogowe unbekannt. In den letzten Jahrzehnten aber hatte sie Dorf um Dorf heimgesucht und war zu einer verbreiteten und gefürchteten Krankheit geworden.

Zehn Jahre vor Albert Schweitzers Ankunft in Afrika entdeckten englische Ärzte die Ursache der Schlafkrankheit: ein Geißeltierchen (ein Organismus mit peitschenähnlichen Zellfortsätzen), das sie *Trypanosoma brucei* nannten. Die Tsetsefliege dient als Überträger des Parasiten, der sich zu vermehren beginnt, sobald er durch einen Stich ins Blut eingedrungen ist.

Zu den ersten Symptomen gehören Fieberschübe und Kopfschmerzen, die oft falsch diagnostiziert werden, bis schwerere Symptome wie Gelenkschmerzen und ständige Müdigkeit auftreten. Der Kranke hat das Gefühl, nur noch schlafen zu wollen. Wenn der Parasit ins Nervensystem eingedrungen ist, verschlimmern sich die Symptome und führen zu Demenz und Krampfanfällen. Schließlich fällt das Opfer in ein Koma, aus dem es oft nicht mehr erwacht. Oft liegt sich der Patient wund und stirbt häufig, wenn er sich eine Lungenentzündung oder eine andere einfache Krankheit zugezogen hat. Selbst mit den Möglichkeiten der modernen Medizin muss die Schlafkrankheit im Anfangsstadium diagnostiziert werden, bevor der Parasit ins zentrale Nervensystem eindringt, oder sie endet tödlich.

Für Albert Schweitzer war diese schwer zu stellende Diagnose eine komplizierte Angelegenheit. Das Blut des Patienten musste mikroskopisch untersucht werden, um festzustellen, ob es Parasiten enthielt, doch der Parasit war nur in einer von fünf Blutproben sichtbar. Allein die Diagnose für zwei solcher Patienten fesselte den Arzt den ganzen Morgen lang ans Mikroskop – eine Zeit, in der er die vielen anderen Kranken, die draußen warteten, nicht behandeln konnte. Bei anderen Patienten, die sich von Operationen erholten, mussten die Wunden gereinigt und frisch verbunden werden. Auch der ständige Andrang von Menschen, die Medikamente brauchten, nahm wertvolle Zeit in Anspruch. Es war klar, dass es mehr Arbeit gab, als ein Arzt und eine Krankenschwester effektiv bewältigen konnten.

Eines Abends war Dr. Schweitzer nach einem langen und aufreibenden Tag in sehr melancholischer Stimmung. Er trat hinaus in die Abendluft und versuchte, die lebhafte Sinfonie der Waldbewohner und Insekten zu genießen. Doch er spürte, dass etwas fehlte.

Seine Frau bemerkte die Anspannung in seinem Gesicht. »Ist alles in Ordnung?«

»Sie können alle ihre eigene Musik machen. Sie sind zu Hause. Ich habe nicht ein einziges Mal Klavier gespielt, seit wir hier angekommen sind.« Orgelspielen war eine der großen Leidenschaften Albert Schweitzers, und er nahm an, sie opfern zu müssen, als er sich entschloss, nach Afrika zu gehen.

»Das ist mir aufgefallen. Die Pariser Bachgesellschaft hat dir doch ein so schönes Klavier geschenkt. Sie waren so dankbar für alles, was du während deiner Zeit bei ihnen für sie getan hast.«

»Ja. Sie haben es sogar in einer mit Zink ausgeschlagenen Kiste verstaut, damit es das tropische Wetter übersteht.«

»Also warum spielst du nicht?«

Albert lächelte grimmig. »Ich traue mich nicht. Ich denke, es wäre vielleicht einfacher, gar nicht mehr zu spielen. Einfach meine Finger und Füße ›einrosten‹ zu lassen, wenn ich sie nicht mehr zum Spielen benutze. Ich bin jetzt in Afrika; ich diene den Menschen als Arzt, nicht mehr als Musiker.«

»Ja, du bist ein Arzt und folgst Jesu Vorbild, Menschen zu heilen. Doch das heißt nicht, dass du alles aufgeben musst, was dir Freude bringt.«

Ihre Worte gruben sich in sein Herz ein, und als er in ihr kleines Haus am Rande des Urwalds trat, setzte er sich ans Klavier. Nur wenige Momente später mischte sich eine neue Melodie in den Chor der anderen »Abendmusiker« und zauberte ein Lächeln auf viele von Sorgen gezeichnete Gesichter auf dem Krankenhausgelände.

Von dieser Zeit an verbrachte Schweitzer viele Abende damit, Stücke von Bach, Mendelssohn, Widor und anderen Komponisten zu üben, selbst wenn er zwischen seinen anderen Pflichten nur eine halbe Stunde Zeit übrig hatte.

Auch andere Betätigungen neben der Medizin brachten dem Arzt große Freude, besonders das Predigen. Er hatte in der St.-Nikolai-Kirche in Straßburg fast fünfzehn Jahre lang gepredigt, und es erfüllte ihn mit tiefer Zufriedenheit, der Gemeinde die Botschaft von Gottes Liebe und Jesu Vorbild für die Menschheit bringen zu können. So genoss er es natürlich auch, seiner afrikanischen Gemeinde von der gleichen Botschaft zu erzählen. Er sprach einfach einen Satz nach dem anderen, der dann in die regionalen Sprachen übersetzt wurde. »Die Worte Jesu und Pauli denen verkünden zu dürfen, denen sie etwas Neues waren, erschien mir als etwas Herrliches.«[21]

Kapitel 4

Der friedliche Kriegsgefangene

Wir werden uns bewußt, daß alles Leben wertvoll ist und daß wir mit all diesem Leben verbunden sind. Aus dieser Erkenntnis erwächst unsere geistige Verbindung mit der Welt.[22]

Albert Schweitzer

1914–1918

Im August 1914 steckten Albert und Helene Schweitzer mitten in einer erwarteten Trockenperiode. Sie steckten auch mitten in einem Krieg. Obwohl der Erste Weltkrieg bereits Ende Juli begonnen hatte, erreichte die Nachricht Lambarene erst am 4. August.

Gerade zwei Tage zuvor waren die Schweitzers aus Kap Lopez zurückgekehrt. Dort waren sie im Haus eines Mannes gewesen, dessen Frau Dr. Schweitzer behandelt hatte. Dieses Mal war es jedoch Albert, der sich dort von einem schmerzhaften Abszess am Fuß erholte.

Als sie in der Praxis des Militärarztes in Kap Lopez angekommen waren, hatte sich der Abszess bereits von allein geöffnet. Nun mussten Albert und seine Frau nichts weiter tun, als einige Tage lang die kräftigende Seeluft der Bucht zu atmen. Von seinem Platz in einem Sessel auf der Veranda aus hatte der Doktor Gelegenheit, über die Flößer und Holzfäller zu schreiben, die auf dem Ogowe reisten.

Immer wieder schaute Albert von seiner Schreibarbeit auf, um den Anblick der sanften Wellen in sich aufzunehmen, die über den Sand rollten, oder um zu beobachten, wie die leichte Brise mit den Palmwedeln spielte, die ihre Antwort in den Wind flüsterten.

Die über dreihundert Kilometer lange Reise von Kap Lopez zurück nach Lambarene an Bord eines Frachters dauerte drei Tage. Diese Zeit nutzte der Arzt wieder zum Schreiben, dieses Mal über die sozialen Probleme in den Wäldern von Gabun.

Bei ihrer Rückkehr gingen Albert und Helene sofort wieder an die Arbeit. Unglaublich viel war in ihrer Abwesenheit liegen geblieben.

»Joseph, ich habe gerade diese Medizin für eine kranke Frau in Kap Lopez gemischt. Könntest du bitte in der Faktorei[23] fragen, ob sie sie mit dem nächsten Dampfer nach Norden mitschicken können?«

»Ja, Doktor.« Mit diesen Worten ging Joseph – und kehrte mit einer unerwarteten Antwort vom Mitarbeiter in der Faktorei zurück: »In Europa wird gerade für einen Krieg mobilgemacht; wahrscheinlich hat er schon begonnen. Wir müssen unseren Dampfer der Regierung zur Verfügung stellen und wissen noch nicht, wann er das nächste Mal nach Kap Lopez fährt.«

Die Schweitzers hatten nur wenige Stunden Zeit, diese Nachricht zu verdauen, und fast keine Zeit herauszufinden, was die Entwicklung für sie persönlich bedeutete, bis sie sich bereits in einer schwierigen Lage befanden. Albert Schweitzer war im Elsass aufgewachsen, einer kleinen Provinz, auf die sowohl Deutschland als auch Frankreich Ansprüche geltend machten. Jetzt lebte er in Gabun, einer Kolonie von Französisch-Äquatorialafrika. Direkt nördlich an Gabun grenzte Kamerun an, das unter deutscher Herrschaft stand. Der Krieg zwischen Frankreich und Deutschland tobte nicht nur in Europa, sondern reichte bis an die Grenzen ihres Krankenhauses. Am gleichen Abend noch wurden die Schweitzers Kriegsgefangene der Deutschen. Mit einheimischen Wachposten vor dem Haus wurden sie unter Hausarrest gestellt und Dr. Schweitzer erhielt den strengen Befehl, er dürfe keine Patienten empfangen oder behandeln. Die Schweitzers hatten bereits einen ausgedehnten Heimaturlaub in Europa zur Erholung geplant. Was würde nun aus diesen Plänen werden? Und die Patienten? Albert weigerte sich, sich entmutigen zu lassen oder zu verzweifeln. Stattdessen beschloss er, die Zeit der Gefangenschaft als Chance zu betrachten. Am zweiten Morgen wachte er zeitig auf, trat ins Sprechzimmer und setzte sich an seinen Schreibtisch. Die leichte Morgenbrise wehte durch die offene Tür. Er schob mehrere Stapel lose Papiere beiseite und begann zu schreiben. Seine Gedanken wurden zu einer konkreten Idee, die mehr als fünfzehn Jahre zuvor entstanden war.

Im Sommer 1899 hatte Albert Schweitzer gerade seinen Doktortitel in Philosophie von der Universität Straßburg erhalten. Jenen Sommer verbrachte er bei Freunden in Berlin. Er war beeindruckt von den Intellektuellen jener Stadt und von ihrem einfachen Lebensstil. Es fiel ihm viel leichter, hier heimisch zu werden als in dem von starken Kontrasten geprägten Paris. Eines Abends während einer Unterhaltung mit einer Gruppe von Studenten kam das Gespräch auf ein noch nicht lange zurückliegendes Seminar in der Universität. Einer seiner Freunde bemerkte: »Wir sind ja doch alle nur Epigonen!«[24]

Diese Worte schlugen eine Saite in Albert an:

Es [gab] dem Ausdruck, was ich selber empfand. ... Überall schien man anzunehmen, daß wir nicht nur in Erfindungen und im Wissen vorangekommen seien, sondern uns auch im Geistigen und im Ethischen auf einer nie zuvor erreichten und nie mehr verlierbaren Höhe bewegten. Mir aber wollte es vorkommen, als ob wir im geistigen Leben vergangene Generationen nicht nur nicht überholt hätten, sondern vielfach nur von ihren Errungenschaften zehrten ... und daß gar mancherlei von diesem Besitz uns unter den Händen zu zerrinnen begönne.[25]

Seit jenem Abend im Haus eines Universitätsprofessors hatte sich in Albert Schweitzers Gedanken ein Buch entwickelt. Der Arbeitstitel war *Wir Epigonen.*[26] Teile des Buches lagen jahrelang wie Puzzleteile verstreut in den Winkeln seines Verstandes. Doch jetzt fanden diese Teile zueinander. Menschen auf der ganzen Welt waren mit dem Grauen des Krieges konfrontiert, und die Realität einer gefallenen Zivilisation stand ihnen vor Augen. *War die Katastrophe aber bereits eingetreten, wozu noch Betrachtungen über die zutage liegenden Gründe?*[27] Diese Frage verfolgte ihn.

Das Verbot, Patienten zu behandeln, war indirekt ein Segen, denn nun hatte Dr. Schweitzer Zeit, in aller Ruhe zu schreiben. Und er schrieb – doch mit der Unsicherheit, als Kriegsgefangener fern seines Heimatlandes unter Hausarrest zu stehen. *Was wird aus dieser Arbeit?*, fragte er sich. *Werde ich je nach Hause zurückkehren?*

Bis November hatte sich die Lage so entwickelt, dass Dr. Schweitzer die Erlaubnis bekam, seine Arbeit in Lambarene und den umliegenden Dörfern fortzusetzen. Mit neuer Energie kehrte er an seine Aufgabe zurück und war froh über die Möglichkeit, wieder Kranke behandeln und für Notleidende sorgen zu können.

Eines geschäftigen Morgens verbanden Dr. Schweitzer und sein Assistent Joseph gerade die Wunden von Patienten, als Joseph seiner aufgestauten Frustration Luft machte: »Die Preise in Lambarene sind *schon wieder* gestiegen. Alles ist viel teurer als noch vor ein paar Monaten. Diese Europäer! Sie müssen ihre Probleme lösen und den Krieg beenden, damit die Dinge wieder bezahlbar werden.«

»Joseph«, unterbrach ihn der Arzt, »du musst verstehen, dass die höheren Preise nur eine kleine Auswirkung des Krieges sind. Ist dir nicht aufgefallen, wie besorgt wir ›Ausländer‹ zurzeit sind? Unsere Landsleute sterben und wir beten jeden Tag für sie, dass der Krieg endet, um derer willen, deren Leben an der Front in Gefahr ist.«[28]

Joseph schaute dem Arzt überrascht ins Gesicht und ihm dämmerte, worin der wahre Preis des Krieges bestand. »Aber wie kann das sein, Doktor? Ihre Leute haben diesem Volk die Botschaft von Gottes Liebe gebracht, von Jesus Christus und seinem Erbarmen und seiner Gnade. Aber jetzt töten sie einander. Sie folgen nicht dem, was Jesus Christus lehrt.«

Eine Welle von Traurigkeit überrollte Dr. Schweitzer. Wie viele andere in ganz Afrika stellten die gleiche Frage? Wie viele, die die Botschaft von Jesus angenommen hatten, waren jetzt desillusioniert und unfähig, diesen Gegensatz gedanklich in Einklang zu bringen? Wie viele, deren Leben vom Licht der Liebe Jesu erleuchtet worden war, waren jetzt verwirrt von der um sich greifenden Finsternis des Krieges?

»Ich kann es nicht erklären. Wir stehen vor etwas Unbegreiflichem und Furchtbarem.[29] Doch solange es Menschen gibt, die

Barmherzigkeit, Güte und die Liebe Christi weitergeben, bleibt noch Hoffnung.«

»Und darum sind Sie gekommen?«

»Mich tröstet, dass ich bei allem Schlechten, was in der Welt passiert, trotzdem noch Gutes tun und anderen helfen kann.«

Dezember 1914. Es war Weihnachten. Die Welt schlingerte und schwankte noch immer im Sturm des Krieges, und die Schweitzers waren weiterhin weit von der Heimat und ihren Lieben entfernt. Sie steckten Kerzen auf eine kleine Palme und sahen zu, wie der sanfte Schein die Kerzen umfloss. Dabei erinnerte sich Albert an die Worte: »Ihr seid das Licht der Welt … Man zündet auch nicht ein Licht an und setzt es unter einen Scheffel, sondern auf einen Leuchter; so leuchtet es allen, die im Hause sind« (Matthäus 5,14-15). Vielleicht war ihr Licht klein, aber sie würden die schwache Flamme am Brennen halten.

Als die Kerzen bis auf die Hälfte ihrer Länge hinuntergebrannt waren, blies er sie aus. »Was machst du da?«, fragte seine Frau.

»Mehr haben wir nicht«, erwiderte Albert ehrlich, »und wir müssen sie für nächstes Jahr aufheben.«

»Für nächstes Jahr?« Helene seufzte und schüttelte den Kopf.[30] *Noch ein Jahr?*

Die Dorfbewohner von Lambarene und der umliegenden Regionen spürten die Auswirkungen des Krieges nun deutlicher. Anfangs war das einzige Problem die Preissteigerung gewesen. Jetzt geriet die Wirtschaft in eine starke Krise, da ein Holzbetrieb nach dem anderen schloss, weil keine Lieferung mehr möglich war. Das rasche Wachstum der Industrie und der kulturellen Entwicklung geriet ohne Vorwarnung ins Stocken, da Missionare und Lehrer in ihre Heimatländer zurückgerufen wurden. Die Lebensart in Afrika hatte sich über die letzten hundert Jahre hinweg verändert, und nun gab es keinen Weg mehr zurück zum vorindustriellen Zeitalter. Doch nur wenige waren übrig, die dem Kontinent helfen konnten, voranzugehen.[31]

Dr. Schweitzer überprüfte häufig die medizinischen Vorräte und war dankbar, dass mit dem letzten Schiff aus Europa, das vor Kriegsbeginn bei ihnen angelegt hatte, kistenweise Medikamente eingetroffen waren. *Wie lange werden sie reichen?*, fragte er sich. *Wie lange werden wir haben, was wir brauchen, um das Krankenhaus weiter für Patienten öffnen zu können?*

Lebensmittel waren ein weiteres Problem. Der Arzt wies die Patienten an, ihren eigenen Vorrat an Bananen mitzubringen. Er tat sein Bestes, um sie mit Reis zu versorgen, wenn sie ihre dürftigen Vorräte aufgebraucht hatten. Gegen Ende des Jahres 1915 wusste Albert Schweitzer, dass er die Lebensmittel noch weiter rationieren musste, denn es gab keine Garantie dafür, wann sie wieder erhältlich sein würden.

Im September 1915 reiste Dr. Schweitzer zur Missionsstation N'Gomo, um Madame Pelot zu behandeln. Sie war die Frau eines Missionars und war erkrankt. Diese Reise sollte ihm immer in Erinnerung bleiben, denn damals gelang es ihm, seine Lebensphilosophie in einem einfachen, griffigen Ausdruck zusammenzufassen. Während er an Bord eines überladenen Dampfers langsam flussaufwärts reiste, rang er darum, das fehlende Teil in seiner Philosophie aufzulösen. Er notierte einen Satz hier, einen Absatz da und versuchte, seine Gedanken zu einem klaren, grundlegenden ethischen Konzept zu formulieren. In einem Moment, in dem er am wenigsten damit rechnete, geschah es schließlich:

> *Am Abend des dritten Tages, als wir bei Sonnenuntergang gerade durch eine Herde Nilpferde hindurchfuhren, stand urplötzlich, von mir nicht geahnt und nicht gesucht, das Wort »Ehrfurcht vor dem Leben« vor mir. Das eiserne Tor hatte nachgegeben; der Pfad im Dickicht war sichtbar geworden. Nun war ich zu der Idee vorgedrungen, in der Welt- und Lebensbejahung und Ethik miteinander enthalten sind! Nun wusste*

ich, dass die Weltanschauung ethischer Welt- und Lebensbejahung samt ihren Kulturidealen im Denken begründet ist.[32]

Ehrfurcht vor dem Leben.

Diese Philosophie entsprang der Vorstellung, dass jeder Mensch in sich einen tiefen Lebenswillen trägt, den er nicht nur sich selbst gegenüber, sondern auch gegenüber der ganzen Menschheit und auch dem Tierreich anerkennen muss. Der Mensch bejaht von Natur aus durch die Ehrfurcht vor dem Leben und dem Respekt vor allen Lebensformen seinen eigenen Lebenswillen und den von anderen.

Der »denkende« Mensch ist sich seiner Verantwortung bewusst, alle Formen des Lebens zu respektieren. Auch wenn er immer wieder gezwungen ist, einige Formen des Lebens zu opfern, um selbst weiterzuleben, ist er sich doch des Lebenswillens in jedem Leben bewusst. Er verehrt jede Form des Lebens wegen seiner geheimnisvollen Eigenschaften, die nur vom lebendigen Gott kommen können:

Die in dem denkend gewordenen Willen zum Leben entstandene Ehrfurcht vor dem Leben … geht darauf aus, Werte zu schaffen und Fortschritte zu verwirklichen, die der materiellen, geistigen und ethischen Höherentwicklung des Menschen und der Menschheit dienen. Während die gedankenlose moderne Welt- und Lebensbejahung in Wissens- und Könnens- und Machtidealen umhertaumelt, stellt die denkende die geistig-ethische Vollendung des Menschen als das höchste Ideal auf, von dem alle anderen Fortschrittsideale erst ihren wirklichen Wert empfangen.[33]

Albert Schweitzer vertiefte sich in diese Gedanken. Er grübelte und betete, überlegte, wog ab und schrieb. Zwei Bücher waren das Ergebnis: *Verfall und Wiederaufbau der Kultur* sowie *Kultur und Ethik*.[34]

Das zweite Weihnachten in Zeiten des Krieges kam. Die letzten

Flammen der Kerzen verglommen und verloschen an der Weihnachtspalme; sie prophezeiten schwere Zeiten.

Starke Regenfälle zum Ende des Jahres bedrohten das Krankenhausgebäude. Albert wusste, dass er die Trockenzeit nutzen musste, die nur einige Monate andauerte, um Abflusskanäle aus Stein an strategisch wichtigen Stellen ums Krankenhaus herum anzulegen. Das Wasser, das in der Regenzeit den Hügel hinunter- und auf das Gebäude zufloss, konnte so umgelenkt werden. Als Nächstes war es nötig, eine Mauer um die größte Krankenhausstation zu errichten, um sie vor den verheerenden Folgen der häufigen Regengüsse zu schützen. Das Projekt nahm über vier Monate hinweg jede freie Minute des Arztes in Anspruch. Oft musste Dr. Schweitzer selbst mit Hand anlegen, um seine Arbeiter anzuweisen und zu verhindern, dass sie sich von der Arbeit entfernten.[35]

Als die Bauprojekte abgeschlossen waren, stöberte Albert eine kleine Armee von Termiten auf, die seine Kisten mit Verbandsmaterial und Medikamenten entdeckt hatten. Es dauerte Wochen, alles auszupacken, zu säubern und jedes Teil aus den betroffenen Kisten wieder einzupacken. Schließlich wurde der Übeltäter entdeckt: ein undichter Korken auf einer Flasche mit medizinischem Sirup.[36] Albert Schweitzer begann zu verstehen, dass die Natur in dem Versuch, das Krankenhaus in einem guten Betriebszustand zu halten, eine ständige Kampfzone bieten würde.

Albert beendete seine Arbeit an der Buchhaltung und schaute auf, ohne etwas Bestimmtes anzusehen. Er seufzte. Seit Kriegsbeginn war kein Geld aus Straßburg mehr eingetroffen. Er hatte so viele Einsparungen wie möglich vorgenommen, doch der Schuldenberg wuchs stetig an.

»Joseph, könntest du bitte nach der Schicht zu mir kommen?«

»Gewiss, Dr. Schweitzer.«

Das Unvermeidliche ließ sich nicht länger hinausschieben.

»Sie wollten mit mir sprechen?«

»Joseph, du weißt, wie sehr ich deine Arbeit in all den Jahren geschätzt habe, und besonders in den letzten Monaten.«

»Ja. Es war schwierig.«

»Da ich wegen des Krieges kein Geld mehr erhalte, mache ich momentan Schulden. Deshalb muss ich meine Ausgaben überdenken. Wärst du bereit, für fünfzig Prozent deines Lohns weiterhin hier im Krankenhaus zu arbeiten, bis die Lage sich bessert?«

»Dr. Schweitzer, das wären nur fünfunddreißig Franc!«

»Ich würde dich normalerweise nicht darum bitten; doch momentan machen mir die Finanzen große Sorgen. Ich handle nur aus der Notwendigkeit heraus, damit das Krankenhaus weiter bestehen kann.«

»Es tut mir leid. Für einen so niedrigen Lohn kann ich nicht arbeiten.« Joseph straffte die Schultern. »Meine Würde lässt es nicht zu, für eine so kleine Summe für Sie zu arbeiten.«

»Ich bedauere deine Entscheidung. Doch ich denke, du musst deiner Überzeugung folgen und tun, was deine Würde verlangt.«

Von diesem Zeitpunkt an erhöhte sich Dr. Schweitzers Arbeitsaufkommen drastisch, da er viele Aufgaben übernehmen musste, die vorher sein Assistent erledigt hatte. Ein anderer Assistent, N'Kendju, arbeitete noch im Krankenhaus, doch seine Leistung hing ganz von seiner – etwas unzuverlässigen – Tagesstimmung ab.

Inzwischen litten sowohl Albert als auch Helene aufgrund der schlechten Ernährung an Anämie und ständiger Erschöpfung, Letztere hervorgerufen durch die aufreibenden Umstände. Allerdings stellte der Arzt erleichtert fest, dass er trotz seines schlechten körperlichen Gesundheitszustandes geistig fit blieb. Falls er abends nicht zu müde war, saß er bis tief in die Nacht an seinem Schreibtisch. Er genoss die gelegentliche Brise, die durch die Gittertür hereinzog, und den Chor der Frösche und Grillen, der seine Gedanken begleitete. So setzte er sein Studium der Philosophie von Kultur und Ethik fort. Mit einer Zwergantilope, die zu seinen Füßen lag, und seinem Hund Caramba, der treu auf der Veranda Wache hielt, genoss Schweitzer die Abgeschiedenheit und ließ sich beim Schreiben von ihr leiten.

Bei einer kleinen Anzahl von Ausländern, die bei Kriegsausbruch nicht hatten nach Hause zurückkehren können, zeigten sich erste Anzeichen von Erschöpfung. In Zweier- und Dreiergruppen reisten sie zum Krankenhaus, »in Reparatur«, wie sie es nannten.[37] Dr. Schweitzer stellte diesen Patienten seine persönlichen Räume zur Verfügung und zog auf die vordere Veranda um, die mit Fliegengittern verkleidet worden war, um die Moskitos fernzuhalten. Wenn Patienten protestierten und meinten, der Doktor solle in seinem eigenen Zimmer bleiben, tat er ihre Einwände mit den Worten ab: »Auf der Veranda habe ich mehr frische Luft.«

Der wertvolle Vorrat an Kondensmilch war ein wichtiger Beitrag zur Genesung der sich erholenden Ausländer, ebenso wie die besondere Diät, die Helene ihnen jeden Tag vorsetzte. Mit dem, was ihr zur Verfügung stand, vollbrachte sie wahre Wunder, um für die Patienten ein gesundes Menü zusammenzustellen – selbst wenn es keine andere Eiweißquelle gab als Affenfleisch.

Ende 1916 wurde für die Schweitzers ebenfalls eine Erholungszeit notwendig, hauptsächlich für Helene. Sie reisten nach Tchienga in der Nähe von Kap Lopez, um die Regenzeit an der Küste zu verbringen. Ein Holzhändler hatte ihnen dort ein leer stehendes Haus zur Verfügung gestellt, das einen Blick auf einen Seitenarm des Ogowe bot.[38]

Bald war Albert Schweitzer wieder schwer beschäftigt. Er hatte sich bereit erklärt, dem Holzhändler zu helfen und sich dessen Mitarbeitern anzuschließen. Während der Flut rollten sie Baumstämme vom Fluss ans trockene Land. Für die Reise vom Holzplatz zur Mündung des Ogowe waren sie zu Flößen zusammengebunden worden. An der Mündung blieben sie dann liegen. Es war eine dunkle, triste Erinnerung daran, dass die Handelsschifffahrt zwischen Europa und Afrika während des Krieges zum Erliegen gekommen war. Die größte Bedrohung für die Stämme war der Holzwurm, der leicht eine ganze Lieferung zerstören konnte. So war das Wichtigste, das Holz an einen trockenen Platz zu bringen. Jeder Stamm wog zwischen zwei und drei Tonnen, und oft dauerte es Stunden, nur einen Stamm anzuheben, zu ziehen und von einer Stelle zur anderen zu bewegen.

Während der Ebbezeiten herrschte bei Dr. Schweitzer ein reger Andrang von Patienten. Obwohl es einen Arzt in Kap Lopez gab, zogen viele Dr. Schweitzers Behandlung vor. Jeden freien Moment nutzte der Doktor zum Schreiben; sein aktuelles Werk war *Kulturphilosophie.*

Kaum hatten Albert und Helene ihre Arbeit in Lambarene wieder aufgenommen, als sie im September 1917 den Befehl erhielten, den Ort mit einem Schiff zu verlassen, das jeden Tag eintreffen sollte. Ihr Ziel: ein Gefangenenlager in Europa. Diese Wendung der Ereignisse war beängstigend, und wieder einmal waren sie machtlos gegen die riesige, gefühllose Kriegsmaschinerie. Das Schiff hatte einige Tage Verspätung, und die verbleibenden Missionare – wie auch einige Einheimische – halfen dem Doktor und seiner Frau nach Kräften, ihre Habseligkeiten, die Instrumente, Medikamente und das Verbandsmaterial in Kisten zu verpacken.

»Ich frage mich, ob wir eines Tages zurückkehren und unsere Arbeit hier wieder aufnehmen werden«, sagte Albert, als er die eiserne Tür sorgfältig verriegelte, nachdem sie ihre restlichen Vorräte in einem kleinen Gebäude aus Wellblech verstaut hatten.

»Wenn es Gottes Wille ist, werden wir es sehen.« Die Worte seiner Frau waren ermutigend, doch er wusste auch, wie belastend die letzten Jahre für ihre Gesundheit gewesen waren. Im Augenblick hing der Schatten des Krieges dunkel über der Zukunft, und es war unmöglich zu ahnen, was sie bringen würde.

»Doktor, Doktor, bitte kommen Sie schnell!« Der Ruf von einem der genesenden Patienten unterbrach seinen Gedankengang.

Sie eilten zur Hauptstation des Krankenhauses, wo ein Mann mit vor Schmerz verzerrtem Gesicht auf sie wartete. Die Diagnose stand schnell fest – ein eingeklemmter Leistenbruch. *Meine erste Operation hier war ein eingeklemmter Leistenbruch*, dachte Dr. Schweitzer. *Jetzt sieht es so aus, als könnte es meine letzte sein.* Es war keine Zeit zu verlieren. Hier am Rand des Urwaldes bereiteten der Arzt und seine Frau sich für eine letzte Operation vor.

In seinen letzten beiden Nächten in Lambarene schrieb Albert Schweitzer sorgfältig einen Entwurf seiner *Kulturphilosophie* auf Französisch ab. Er gab ihm den äußeren Anschein eines harmlosen historischen Dokuments, das über vergangene Zeiten berichtete. Dann vertraute er das gesamte Manuskript einem amerikanischen Missionar an, Mr Ford, der zu dieser Zeit in Lambarene arbeitete. Schweitzer behielt lediglich den französischen Entwurf.

»Ich vertraue darauf, dass Sie es sicher aufbewahren werden, bis Sie es mir zurückgeben können.«

»Ich muss gestehen, mir wäre es lieber, dieses Manuskript am Grund des Flusses ruhen zu sehen«, erwiderte Mr Ford ehrlich, jedoch nicht unfreundlich. »Ich habe nicht gerade gute Erfahrungen damit gemacht, wie die Philosophie gebraucht wurde. Ich glaube, sie schadet der Sache des Christentums mehr, als dass sie ihr nützt. Doch ich werde es Ihrer Bitte entsprechend sicher für Sie verwahren, so gut ich kann.«

»Mr Ford, ich bete darum, dass die Christen sich eines Tages um die Philosophie der Ehrfurcht vor dem Leben vereinen und feststellen werden, dass sie mit diesem gemeinsamen Ziel vor Augen die Welt wieder aufbauen und das Reich Gottes voranbringen können.«

Nachdem fast alle Vorbereitungen abgeschlossen waren, musste Albert Schweitzer nur noch das Gold eintauschen, das sie für

Notfälle aufbewahrt hatten. Das Schiff war in Lambarene eingetroffen, und sie mussten binnen einer Stunde an Bord gehen. Albert und Helene machten sich rasch auf den Weg zum Haus eines englischen Holzhändlers.

»Weißt du noch«, fragte Albert seine Frau lächelnd, »wie du gefragt hast, ob es nötig sei, dieses Gold mit nach Afrika zu bringen?«

»Du sagtest, wir könnten es im Fall eines Krieges brauchen. Wie lange her diese Tage doch nun scheinen.«

»Es werden auch wieder Tage des Friedens kommen. Wir müssen immer am Glauben und an der Hoffnung festhalten.«

Sie tauschten das Gold in französische Banknoten um und nähten diese in die Säume ihrer Kleidung ein, bevor sie sich zur Anlegestelle begaben. Dort wimmelte es nur so vor Menschen.

»Es sind so viele! Wollen die alle an Bord des Schiffes gehen?«, fragte Helene Schweitzer leise.

»Ich glaube nicht«, antwortete Albert, denn jeder in der Menge schien nur Augen für das Eintreffen des Ehepaares zu haben.

Manche versuchten zu lächeln. Andere waren den Tränen nahe. Bei wieder anderen flossen die Tränen bereits. Albert und Helene gingen schweren Schrittes auf den Landesteg zu und waren von einem größeren Gewicht als nur dem ihres Gepäcks gebeugt. Doch ihre Schritte wurden von guten Wünschen erleichtert, ihre Ängste durch Worte tiefer Dankbarkeit gelindert, ihre Herzen von Lächeln, Händeschütteln und Umarmungen gewärmt.

Sie waren bereits an Bord, als der Leiter der katholischen Mission von Lambarene sich näherte und auf das Schiff kam. »Sie sollen nicht von diesem Land scheiden, ohne dass ich Ihnen beiden für alles Gute, das Sie ihm erwiesen, Dank gesagt habe.«[39] Seine aufrichtigen Worte wurden von den Schweitzers hoch geschätzt.

Während des kurzen Aufenthaltes in Kap Lopez kam ein anderer Mann für einen kleinen Augenblick an Bord des Schiffes. »Sie haben meine Frau in Ihrem Krankenhaus behandelt«, sagte er und schüttelte dem Doktor die Hand. »Bitte nehmen Sie dies als Zeichen meiner Wertschätzung.« Er gab Dr. Schweitzer etwas Geld, bevor er das Schiff so rasch wieder verließ, wie er es betreten hatte.

Als das Schiff ablegte, sah Albert zu, wie das Land im Hintergrund langsam verschwand. Was zuerst noch deutlich als Blätter und Äste zu erkennen war, verfloss ineinander, bis nur noch ein schnörkeliger Streifen Grün zu erkennen war, der zwei riesige blaue Flächen miteinander verband: den Himmel und das Meer.

Der Arzt, der in den letzten vier Jahren unermüdlich seine Zeit geopfert hatte, grübelte über das Schicksal der afrikanischen Menschen nach.

Wie viele werden leiden, weil wir nicht mehr da sind und sie nicht mehr behandelt werden können? Wie viele werden noch von den Schrecken des Krieges betroffen sein und in den Dienst eines Konflikts gezwungen werden, von dem sie nichts wissen? Er sah nun mehr als je zuvor die Notwendigkeit, alle Menschen wahrhaftig zu respektieren; er erkannte die Notwendigkeit zu Mitgefühl und Verständnis unter der Menschheit, dass jedes Leben auf der Erde ein wertvolles Wunder ist, das man ehren, hoch achten und schützen muss. Er hoffte nur, dass trotz der und vielleicht durch die Verwüstung, die dieser Krieg anrichtete, die Menschheit anfing, die Ethik der Liebe und die Philosophie der Ehrfurcht vor dem Leben zu verstehen und anzunehmen.

Selbst inmitten der schwierigen Umstände, in denen Albert und Helene sich befanden, durchbrachen einzelne Momente wie Sonnenstrahlen einen Himmel, der voll dichter Wolken hing.

Einen solchen Lichtblick gab es auf der Reise. Obwohl die Schweitzers Kriegsgefangene waren, behandelte ihr Steward sie freundlich und sorgte dafür, dass sie eine angenehme Überfahrt hatten. Als sie sich ihrem vorläufigen Ziel Bordeaux näherten, sprach der Steward das Ehepaar an.

»Ist Ihnen aufgefallen«, begann er in einem etwas arroganten Tonfall, »dass ich Sie auf ganzen Überfahrt so freundlich behandelt habe, wie ich es mit anderen Gefangenen normalerweise nicht tue?«

Albert Schweitzer wusste nicht genau, was er darauf antworten sollte, also lächelte er und brachte seine Anerkennung zum Ausdruck. »Dafür sind wir dankbar.«

Der Steward fuhr fort: »Vor einigen Monaten fuhr hier auf diesem Schiff, in einer Kabine, die zu meinem Dienst gehörte, ein Herr Gaucher nach Hause, den Sie monatelang in Ihrem Spital liegen hatten. Gaillard, sagte er zu mir, es kann sein, dass Sie den Doktor von Lambarene bald gefangen nach Europa schaffen. Fährt er je auf eurem Schiff und könnt ihr ihm in etwas behilflich sein, so tut es um meinetwillen. Jetzt wißt ihr, warum ihr es gut bei mir hattet.«[40] Der Arzt und seine Frau waren tief berührt und Wärme erfüllte ihre Herzen.

Nach drei Wochen in einem Übergangsquartier in Bordeaux wurden sie in die Pyrenäen verlegt, wo sie in dem alten Kloster von Garaison untergebracht waren. Das Kloster war zu einem großen Internierungslager umfunktioniert worden. Vorherige Gefangene – darunter begabte Kunsthandwerker – hatten das alte Gebäude restauriert, das in früheren Zeiten als Pilgerstätte für Kranke gedient hatte.

Albert und Helene waren am Vortag im Lager eingetroffen. Die Sonne weigerte sich, durch den kalten grauen Himmel zu brechen. Albert stand im Hof und fröstelte; der Wetterwechsel war drastisch.

»Ich grüße Sie. Sie sind Dr. Schweitzer, nicht wahr?« Ein Mitgefangener reichte ihm zur Begrüßung die Hand.

»Das stimmt.« Dr. Schweitzer schüttelte die Hand mit einem Lächeln.

»Ich bin der Mühleningenieur Borkeloh, und ich stehe in Ihrer Schuld. Wenn ich Ihnen in Ihrer Zeit hier irgendwie helfen kann, wäre es mir eine Ehre.«

»Ich freue mich sehr, Sie kennenzulernen, Herr Borkeloh, aber wie könnten Sie in meiner Schuld stehen? Wir kennen uns doch gar nicht.«

»Das stimmt. Aber kurz nach Kriegsbeginn haben Sie Richard Classen Medikamente mitgegeben. Erinnern Sie sich an ihn?«

»Ja. Richard Classen. Er hat in Lambarene gearbeitet, als Vertreter einer Holzfirma.«

»Er geriet in Kriegsgefangenschaft und kam in ein Lager in Dahomey. Von dort wurde er nach Frankreich gebracht, ins gleiche Internierungslager, in dem ich mit meiner Frau war. Sie war krank geworden, und die Medizin, die Sie Herrn Classen mitgegeben hatten, hat ihr geholfen. Ich glaube, sie hat ihr sogar das Leben gerettet. Ich stehe wirklich in Ihrer Schuld.«

Und wieder leuchtete eine Kerze in der Dunkelheit des Krieges auf. Das sanfte Licht, das aus dem afrikanischen Dschungel gedrungen war, wo ein hingebungsvoller Arzt praktizierte, fiel nun wieder auf ihn zurück. Wieder einmal erlebte Albert die unübertroffene Freude, die entsteht, wenn man sein Leben dem Dienst an anderen widmet.

Aus altem Holz baute Herr Borkeloh dem Arzt einen Tisch. Nun hatte Dr. Schweitzer Gelegenheit, zu schreiben und sogar Orgel zu üben – mit dem Tisch als Manual-Ersatz.[41] Diese Art zu üben, wie er es schon als Kind getan hatte, brachte Erinnerungen an eine Zeit zurück, die ewig zurückzuliegen schien.

»Albert Schweitzer ist meine Qual.«[42] Diese Worte waren ihm noch deutlich in Erinnerung. Sein Musiklehrer Eugen Münch hatte sie ausgesprochen. Seit seinem zehnten Lebensjahr wohnte Albert in der Schulzeit bei seinem Onkel und seiner Tante in Mülhausen im Elsass, wo er das Gymnasium besuchte.

Seine Tante sorgte dafür, dass er jeden Abend Klavier spielte, doch er war ein typischer Jugendlicher und strengte sich bei den Stücken, die sein Lehrer ihm aufgab, nicht besonders an. Stattdessen machte es ihm viel mehr Spaß, zu improvisieren und Musik vom Blatt zu spielen.

Eines Tages war Herr Münch am Ende einer weiteren Klavierstunde verärgert. Der junge Albert hatte nur halbherzig gespielt, zum Teil deshalb, weil es ihm unangenehm war, seine tiefe Liebe und Leidenschaft für die Musik vor seinem Lehrer zu zeigen.

Der korpulente Mann zog einen Band mit Mendelssohn-Stücken hervor und schlug ihn auf. Sein Verdruss war offensichtlich. »Eigentlich bist du nicht wert, daß man dir schöne Musik zu spielen gibt. So wirst du mir auch dieses Lied ohne Worte versudeln. Wenn einer halt kein Gefühl hat, so kann ich ihm auch keines geben!«[43]

Albert sah, dass es ein Stück war, das er schon häufig für sich gespielt hatte. Er lächelte und dachte: *Dir will ich doch zeigen, daß ich Gefühl habe.*[44] Er ging nach Hause und übte in jener Woche jeden Abend. In der nächsten Woche spielte er für seinen Lehrer mit der Hingabe, die an jenem Platz tief in seiner Seele entsprang, an dem die Musik sich schon immer befunden hatte.

Der Lehrer sagte kein Wort, sondern setzte sich neben seinen Schüler und spielte mit. Bald wurde Albert für würdig befunden, Bachs Musik zu üben, und erhielt die Erlaubnis, Stunden an der herrlich klingenden Orgel in der Stephanskirche zu nehmen – ein Traum, den er insgeheim schon lange gehegt hatte.[45] Alberts Vater war ein wunderbarer Organist und sein Großvater mütterlicherseits war sowohl Organist als auch Orgelbauer gewesen. Der Same war tief in Alberts Herz ausgesät worden und prächtig aufgeblüht. Jetzt, an diesem kleinen Tisch aus Holzabfällen, erprobte Albert Schweitzer sein Talent erneut. Er wusste nicht, wann und wo er wieder einmal Gelegenheit zum Orgelspielen haben würde, und so nutzte er diese friedlichen Momente in dem alten Kloster.

Schon bald war er auch wieder mit medizinischen Pflichten beschäftigt, denn er erhielt die Erlaubnis, die Kranken zu behandeln. Der Direktor des Lagers gestattete ihm, einen kleinen Raum für Untersuchungen und Behandlungen zu nutzen. Er erlaubte ihm auch, dort die Instrumente und Medikamente zu lagern, die der Arzt aus Afrika mitgebracht hatte. Viele andere Gefangene waren ebenfalls aus tropischen Gegenden hierhergebracht worden und waren dankbar für einen Arzt, der sich mit Tropenkrankheiten auskannte. In seiner fünfmonatigen Gefangenschaft in dem Lager konnte er vielen helfen.

Dr. Schweitzer tat für die Kranken, was er konnte, doch diejenigen, die seelisch litten, machten ihm großen Kummer. Immer wieder umkreisten sie den Hof wie Tiere im Käfig und hielten nur inne, um sehnsüchtig auf die leuchtende Pyrenäenkette in der Ferne zu schauen. Zusätzlich zu ihrem erbärmlichen seelischen Zustand litten sie unter der ständigen Kälte in den unbeheizten Räumen. Unterernährung gefährdete die Gesundheit vieler. Schlimmer noch waren die unausgesprochenen Ängste, die sie hegten. All diese Gefangenen hatten in Frankreich oder einer seiner zahlreichen Kolonien gelebt und gearbeitet. Welche Zukunft würden sie nach dem Krieg haben? Keine Arbeit. Kein Geld. Keine Hoffnung.

Doch selbst unter so entmutigenden Umständen fand Albert Inspiration. Die Gefangenen waren eine sehr gemischte Gruppe. Vor dem Krieg waren ihre Berufe so unterschiedlich gewesen wie ihre Herkunftsländer. Von reisenden Händlern bis hin zu katholischen Missionaren, von Hoteldirektoren bis hin zu Künstlern, von Geschäftsleuten bis hin zu Ingenieuren – offenbar war jede Gesellschaftsschicht innerhalb der Klostermauern vertreten. Albert nutzte diese Gelegenheit voll aus und lernte direkt von erfahrenen und gebildeten Personen, statt nur Bücher zu lesen. Er sammelte Informationen über viele Dinge, vom Bankenwesen bis hin zum Fabrikbau, von Architektur bis hin zum Mühlenwesen, von Getreideanbau bis hin zu Ofenbau.[46]

Noch nie war die Ankunft des Frühlings so willkommen gewesen wie nach dem harten Winter in Garaison. Die Schweitzers wurden in ein anderes französisches Lager verlegt. St. Rémy in der Provence war hauptsächlich für Elsässer vorgesehen. In ihrer neuen Unterkunft – wieder einem alten Kloster – freuten sich Albert und Helene, eine Reihe von Personen wiederzutreffen, die sie schon vor dem Krieg gekannt hatten. Außerdem war Albert dankbar für die Gelegenheit, in den wöchentlichen Gottesdiensten in St. Rémy predigen zu dürfen.

Mit ihrer Gesundheit ging es jedoch steil bergab. Heftige Windböen bliesen durch die Täler der Provence, und auf den kalten Steinböden des Klosters zog es entsetzlich. Wiederholte Schübe der Ruhr, die Albert sich während ihres kurzen Aufenthaltes in Bordeaux zugezogen hatte, brachten zudem eine ständige Müdigkeit mit sich.

Gleichzeitig hielten die Bedürfnisse der Kranken Albert gut beschäftigt, denn er war zum Lagerarzt ernannt worden.

Dann kam der Juli des Jahres 1918.

»Albert, hast du schon gehört?« Helenes Aufregung war nicht zu übersehen, als sie in den Raum geeilt kam, den ihr Mann für Sprechstunden und Behandlungen nutzte.

»Was gehört?« Er lächelte, als er ihr gerötetes Gesicht sah. In letzter Zeit hatte sie dünn und verhärmt ausgesehen, und das Leuchten war aus ihren Augen verschwunden.

»Wir werden bald freigelassen! Es gibt einen Gefangenenaustausch! Ich habe gehört, wie sie sich im Garten darüber unterhalten haben.« Sie hielt einen Moment inne, um Luft zu holen. »Könnte das wahr sein?«

»Ich werde sofort mit dem Direktor des Lagers sprechen.« Dr. Schweitzer erwartete keine Patienten mehr, also schloss er den Raum ab und eilte hinüber zum Quartier des Direktors.

»Ich habe eine Liste erhalten. Es ist wahr.« Der Direktor, ein freundlicher Mann aus Marseille, hatte während des Krieges wieder den aktiven Dienst als Polizeikommissar angetreten, obwohl er bereits in Pension gegangen war. Seine herzliche Natur verschaffte ihm Respekt unter den Gefangenen, und Dr. Schweitzer wusste, dass er seine Dienste als Lagerarzt schätzte. Doch jetzt wirkte das Gesicht des Direktors angespannt und ernst.

»Ist alles in Ordnung?« Albert verspürte einen Anflug von Besorgnis.

»Ihr Name ist nicht auf der Liste. Der Name Ihrer Frau steht allerdings da. Sie kann nach Hause gehen.«

Albert schwieg einen Moment und ordnete seine Gefühle. Er dachte außerdem an das kostbare Leben, das seine Frau nun in sich trug. »Helene muss nach Hause. Sie ist nicht gerade bei guter Gesundheit. Danke, Herr Direktor.« Er wandte sich zum Gehen. »Bitte«, setzte er dann noch hinzu, »sagen Sie meiner Frau nichts von den Einzelheiten der Liste.«

»Natürlich.«

Helene Schweitzer war außer sich vor Freude, als sie die Bestätigung von ihrem Mann hörte. »Stell dir nur vor, in einer Woche sind wir wieder in Günsbach. Das Baby wird in deiner Heimatstadt geboren!«

Albert freute sich mit seiner Frau, sagte aber kein Wort.

Einige Nächte später hallte eine Durchsage durch das Lager und weckte alle aus ihrem Schlaf. »Zur Abfahrt vorbereiten. Alle Gefangenen zur Abfahrt vorbereiten.«

Albert war verwirrt. *Alle* Gefangenen? Noch einmal suchte er nach dem Direktor des Lagers, der bereits in seinem Büro war und arbeitete.

»Herr Direktor …«

»Ja, ja. Alle Gefangenen! Ich habe gerade vor einer Stunde eine neue Liste erhalten.«

Albert rannte zurück, um ihre Habseligkeiten zusammenzupacken.

Als die Sonne über die hohen Mauern spähte, gesellten sich die Schweitzers zu den anderen Gefangenen auf dem Hof, die auf die Überprüfung ihres Gepäcks warteten. Schließlich waren alle Kontrollen durchgeführt. Die Gefangenen reihten sich zur Abfahrt auf, als Albert sich an den Direktor erinnerte. Er eilte zurück ins Büro und fand den Mann, der älter wirkte als je zuvor, niedergeschlagen zwischen Papierstapeln und Kisten sitzen.

»Danke für Ihre Freundlichkeit, mein Herr.« Alberts Worte kamen von Herzen.

Die Augen des Direktors glänzten feucht, als er sich von dem Arzt verabschiedete. »Bitte vergessen Sie nicht, mir zu schreiben!«

»Ich werde Ihnen schreiben«, versprach Dr. Schweitzer, bevor er zurück in den Sonnenschein und auf die Freiheit zueilte.

Kapitel 5

Erneute Opfer

Wer sich vornimmt, Gutes zu wirken, darf nicht erwarten, daß die Menschen ihm deswegen Steine aus dem Weg räumen, sondern muß auf das Schicksalhafte gefasst sein, daß sie ihm welche darauffrollen. Nur die Kraft, die in dem Erleben dieser Widerstände innerlich lauterer und stärker wird, kann sie überwinden.[47]

Albert Schweitzer

1918–1924

Die Zugfahrt von Tarascon an der südlichen Spitze Frankreichs in ihr elsässisches Heimatland würde immer ein herzergreifendes Bild in Albert Schweitzers Erinnerung bleiben. Der Zug schlängelte sich nach Nordosten und durchquerte die Schweiz auf dem Weg nach Süddeutschland, bevor er wieder nach Westen abbog und im elsässischen Straßburg in Ostfrankreich ankam.

Albert und Helene genossen den Anblick der sattgrünen Wiesen und friedlichen Häuser in der schweizerischen Landschaft. Kilometer um Kilometer eine Stadt nach der anderen unberührt von der Zerstörung des Krieges zu sehen, erfüllte ihre Herzen mit Hoffnung. Bei ihrer Ankunft in Zürich erwartete die Schweitzers eine Überraschung: Eine Reihe von Freunden nahm sie dort in Empfang. Sie alle waren erleichtert über ihre Freilassung und froh, sie wiederzusehen. Dann ging die lange Zugfahrt weiter.

Das an der Schweizer Grenze gelegene Konstanz bot einen krassen Gegensatz zu der lebendigen Landschaft der Schweiz. Albert und Helene hatten nur Geschichten über eine Hungersnot gehört, doch jetzt sahen sie mit eigenen Augen die ausgemergelten Gestalten, die durch die vom Krieg gezeichneten Straßen wanderten. Allerdings feierte Helene in Konstanz ein freudiges Wiedersehen mit ihren Eltern, die die Erlaubnis bekamen, sie mit nach Hause nach Straßburg zu nehmen. Albert blieb noch einen Tag in der Stadt und erledigte die notwendigen Formalitäten.

Bei seiner Ankunft in Straßburg holte Albert unverzüglich die Erlaubnis ein, nach seinem Vater zu suchen. Obwohl Günsbach nur neunzig Kilometer von Straßburg entfernt war, befand es sich in der Nähe von Militärgelände und es war eine Sondererlaubnis der deutschen Behörden notwendig, um es zu betreten. Schließlich gelang es Albert, eine Zugfahrt bis Colmar zu organisieren; die letzten fünfzehn Kilometer musste er zu Fuß gehen. Er ging die staubige, unbelebte Straße entlang. Auf beiden Seiten standen Drahtzäune, die dick mit Stroh ausgestopft waren. Das sollte den

Feind daran hindern zu sehen, wer die Straße passierte. Unterwegs konnte er von den Vogesen her Maschinengewehrfeuer hören.

Er durchquerte ein Dorf nach dem nächsten und erinnerte sich an das, was einst schön und unschuldig war, während er jetzt die Verwüstung des Krieges vor Augen hatte. Immer wieder sah er Straßen, in denen die Häuser von unablässigem Granatfeuer zerstört waren. *Wo sind die Bewohner hin? Sind sie noch am Leben? Stehen sie irgendwo allein, gebrochen und innerlich zerstört wie die Häuser, aus denen sie fliehen mussten?*

Günsbach war die letzte noch nicht evakuierte Stadt vor den unregelmäßigen Linien der Schützengräben, die auf die unheimliche Gegenwart des Krieges hinwiesen. Als Albert näher an sein Elternhaus kam, fragte er sich automatisch: *Ist dies das gleiche idyllische Dorf, in dem ich als unschuldiges Kind durch die Straßen rannte?* Seine Gedanken reisten zurück in eine Zeit, die jetzt unter den Trümmern von ausgebombten Häusern und von Schutt übersäten Straßen begraben lag – eine Zeit, in der Kinder mit ihren Freunden spielten und sich freundschaftlich rauften.

Der kleine Albert hatte es geschafft, einen größeren Jungen zu Boden zu ringen. Doch ehe er überhaupt den Sieg genießen konnte, rief der ältere Junge gehässig: »Ja, wenn ich alle Woche zweimal Fleischsuppe zu essen bekäme wie du, da wäre ich auch so stark wie du!«[48] Rasch stand Albert auf, klopfte sich den Staub von den Kleidern und ging traurig nach Hause. Bis zu diesem Moment hatte es niemand ausgesprochen, aber er war anders als die anderen Jungen. Er war der Sohn eines Pfarrers, eines gutbürgerlichen Mannes, und deshalb war sein Leben leichter.

Als kleiner Junge wollte Albert nur so sein wie alle anderen. Von dem Tag an, als er den größeren Jungen besiegt hatte, tat Albert alles, um sich den anderen Jungen anzupassen. In jenem Winter weigerte er sich, seinen neuen, warmen Mantel zu tragen. Keiner der anderen Jungen hatte einen, und er wollte nicht, dass sie ihn als reicher als sie selbst betrachteten. Er ertrug die Strafe für seine »Unverschämtheit«, weil er sich geweigert hatte, den Mantel, ordentliche Handschuhe oder moderne Mützen und Schuhe zu tragen, doch er gab nicht nach. Schon in so jungem Alter wurde deutlich, dass ihm die Menschen, die weniger hatten, am Herzen lagen. Wo andere vielleicht damit geprahlt hätten, besser dran zu sein als die weniger Wohlhabenden, bemühte er sich darum, als einer von ihnen akzeptiert zu werden.

Nachdem er sich durch Gruppen von Soldaten geschlängelt hatte, die durch die Straßen liefen, und an Zivilisten vorbeikam, die die Überreste ihres Lebens von den trümmerübersäten Straßen aufsammelten, erreichte Albert das Pfarrhaus. Es war von deutschen Soldaten und Offizieren in Beschlag genommen, und trotzdem war sein Vater noch dort und saß ungerührt in seinem Studierzimmer. Er rannte nicht mehr in den Keller, wenn die Bomben fielen. Er saß einfach da, als kümmerte es ihn nicht mehr, ob er lebte oder starb.

Alberts Mutter war 1916 ums Leben gekommen, als eine Truppe der deutschen Kavallerie die Straße außerhalb der Stadt entlangdonnerte, auf der sie gerade unterwegs war. Sie hatte keine Zeit mehr, aus dem Weg zu springen, und wurde von den galoppierenden Pferden zu Tode getrampelt. Durch ihren Tod war nicht nur ihr Mann am Boden zerstört, sondern auch Albert.

Bald stieß Helene in Günsbach zu Albert, und gemeinsam versuchten sie, ihr Leben aus den Bruchstücken wieder aufzubauen, die von ihrem Hausarrest in Afrika, ihrer Gefangenschaft in Frankreich und dem Leid in Alberts Heimatstadt übrig geblieben waren.

Die Verwüstung des Krieges, die Zerstörung, das Blutvergießen, der brennende Hass, die Abgründe von Trauer und Verzweiflung – all das bedrückte Albert, und er verfiel in eine tiefe Depression.

Sein körperlicher Zustand hatte seit der kurzen Gefangenschaft in Bordeaux gelitten, wo er sich die Ruhr zugezogen hatte. Den ganzen August über plagte ihn ständige Erschöpfung; dazu kamen mäßige bis schwere Fieberschübe. Zudem litt er unter starken Schmerzen.

Albert wusste, dass er medizinische Hilfe brauchte. Seine Frau begleitete ihn, als er in Richtung Colmar stolperte. Sie spürte jeden seiner unsicheren Schritte auf den sechs Kilometern, die sie liefen, bevor ein Fahrzeug sie mit nach Straßburg nahm. Dort wurde Albert nach einer Operation, die ein Professor Stoltz vornahm, bald wieder körperlich gesund – doch seine Depression blieb. Helene litt ebenfalls an Fieberschüben und schweren Angstzuständen.

Sie suchten Frieden in der Natur. Albert erinnerte sich, wie er die Hügel seiner Heimat als Kind erkundet hatte. Es hatte ihm große Freude gemacht, sich in den Bildern und Klängen der Schöpfung zu verlieren. Die Hügel mit ihren sanft ansteigenden Hängen gab es immer noch, doch die Blumen und das Gras waren fort, und nur Stümpfe waren von den ausladenden Bäumen übrig, unter denen er einst herumgetollt war und gespielt hatte.

Er erinnerte sich an Ausflüge mit seiner Mutter, seinen drei Schwestern und seinem Bruder. »Meine Mutter liebte diesen Weg … diesen Ausblick. Wir machten Rast auf den blumenbedeckten Wiesen, wanderten die Bergwege höher hinauf, bis es keinen Weg mehr gab und wir von der friedlichen Stille der Natur umgeben waren.« Albert setzte sich und wischte sich über die schmerzende Stirn. Helene ließ sich neben ihm nieder. Ihr gerundeter Leib zeigte jetzt deutlich das Leben, das darin heranwuchs.

Albert erzählte seiner Frau, wie er mit seiner Mutter und seinen Geschwistern oft bis nach Kaysersberg, seiner Geburtsstadt, gewandert war. Sie waren immer bis zu einem kleinen Bergsee gegangen, wo sich seine Mutter hinsetzte und die Augen schloss. Damals erschien sie Albert immer so friedlich. Die Mutter hatte den Kindern immer wieder gesagt, dass sie sich an diesem See zwischen den Feldern und Wäldern ganz zu Hause fühle und schon als Kind hierhergekommen sei. Sie liebte es, den Duft der Fichten zu atmen und die Stille zu genießen. Albert berichtete

Helene auch, dass seine Mutter ihn und die Geschwister aufgefordert hatte, diesen Ort aufzusuchen, wenn die Mutter nicht mehr leben sollte. An diesem Ort sollten sie ganz besonders an sie denken.[49]

Albert schloss die Augen. »Jetzt singen nicht einmal mehr die Vögel auf diesen kahlen Hügeln«, sagte er.

»Alles wird wieder nachwachsen. Das Leben wird zurückkehren.« Helenes Lächeln löste einen Funken Hoffnung aus.

»Du hast recht, Liebes. Du hast recht.«

Der Bürgermeister von Straßburg, Herr Schwander, ließ Albert Schweitzer fragen, ob er an einer Stelle als Arzt in der Stadt interessiert sei. Albert nahm das Angebot gern an und arbeitete ab sofort in der Abteilung für Hautkrankheiten. Kaum war er nach Straßburg zurückgekehrt, wurde er auch wieder als Vikar der St.-Nikolai-Kirche eingesetzt, in der er jahrelang gedient hatte. Und er durfte im Pfarrhaus wohnen, da dieses leer stand.

Dr. Schweitzer hatte nun ein Haus und ging zwei Berufen nach. Zwischen seinen Pflichten fand er wieder Zeit, sich mit der Philosophie zu beschäftigen und sich ins Studium der Weltreligionen, der Philosophien und der Ethik zu vertiefen.

Der Waffenstillstand im November 1918 brachte keine großen Veränderungen für die Schweitzers. Doch als das neue Jahr anbrach, erfüllte sich, was sich schon neun Monate angekündigt hatte: Am 14. Januar, dem Geburtstag ihres Vaters, wurde Albert und Helene ein Mädchen geboren. Die Eltern gaben ihr den Namen Rhena. Albert führte seine Arbeit als Arzt und als Geistlicher fort. Der Krieg war zu Ende und Leben, Freude und neue Ziele machten sich wieder im Land breit. Doch in seiner »Straßburger Abgeschlossenheit« hatte Albert in Bezug auf sich selbst »das Gefühl eines unter ein Möbel gerollten und dort verlorenen Groschens«[50].

Seine Gedanken kehrten oft zu seinen Jahren in Lambarene zurück. Damals wusste er, was sein Ziel war. Er war zufrieden und erfüllt. Doch jetzt hatte er weder die Kraft noch die Motivation, diesen Weg noch einmal zu gehen. Würde die Zeit kommen, dass er zu den Menschen zurückkehren konnte, die er so lieb gewonnen hatte? Er wusste es nicht. Im Moment verdrängten andere Sorgen solche Gedanken. Seine Arbeit als Arzt deckte nur seine unmittelbaren Ausgaben. Und die Kriegsjahre in Lambarene, in denen Dr. Schweitzer das Krankenhaus weiter für Patienten geöffnet hatte, hatten ihn so tief in die Schulden getrieben, dass ihn im Hinterkopf ständig die Frage bewegte, wie er diese Schulden zurückzahlen konnte.

Seine Gesundheit war ebenfalls ein ständiges Problem. Im Sommer unterzog er sich einer zweiten Operation, die auch die letzte bleiben sollte, und erholte sich bald.

Das Jahr 1919 näherte sich seinem Ende, und mit ihm kam eine aufregende Einladung an Albert Schweitzer. Es geschah einige Tage vor Weihnachten:

Albert gesellte sich zu seiner Frau und ihrer Tochter, die im Garten spazieren gingen. »Helene, ich habe eine Nachricht aus Uppsala erhalten.«

»Schweden?« Ihr Gesicht hellte sich interessiert auf. »Kennen wir dort jemanden?«

»Der Erzbischof Söderblom hat eine Einladung ausgesprochen. Er will, dass ich nächstes Frühjahr Vorlesungen an der Universität von Uppsala halte.« Er hob seine elf Monate alte Tochter hoch und wirbelte sie herum. Sie kicherte und schnappte nach seinem Schnurrbart. »Ich bin noch nicht vollends in Vergessenheit geraten. Vielleicht habe ich doch noch etwas zu bieten.«

»Natürlich hast du das. Du hast noch so viel zu geben. Ich wünschte nur …« Helenes Stimme verklang gedankenverloren.

»Was denn?«

»Ich wünschte nur, ich wäre bei besserer Gesundheit und wir könnten wieder ins Unbekannte aufbrechen.«

»Im Moment wird Uppsala abenteuerlich genug für uns sein. Du bist auch eingeladen. Wir sollen beim Erzbischof wohnen.«

»Bei ihm zu Hause? Ach, das wird wunderbar!«

»Ja, das wird es. Jetzt muss ich nur noch über das Thema für meine Vorlesungen entscheiden.«

Schweitzer wählte seine Lieblingsthemen Religion und Philosophie und konzentrierte sich dabei auf die Ethik und die Lebensbejahung.

Ohne das Manuskript, das er vor seiner Abreise aus Lambarene dem amerikanischen Missionar anvertraut hatte, war er ein wenig aufgeschmissen, doch er stürzte sich sofort wieder in die Arbeit und schrieb aus seiner Erinnerung heraus.

Die Monate in Uppsala hatten in mehr als nur einer Hinsicht eine belebende Wirkung auf Albert Schweitzer. Die kräftigende Luft und die stimulierende Atmosphäre trugen beide dazu bei, dass der Aufenthalt zu einem wunderbaren Erlebnis wurde – fast so, als hätte die Lebensbejahung, über die er seine Vorlesungen hielt, einen Weg in sein Herz gefunden und ihn ebenfalls zurück ins Leben geholt. Er genoss das akademische Klima an der Universität, besonders die Gespräche mit seinen Studenten.

Viel zu schnell war es soweit, dass Dr. Schweitzer ans Podium trat, um seine letzte Vorlesung zu halten, in der er »die Grundgedanken der Ethik der Ehrfurcht vor dem Leben entwickelte«[51].

Während er sprach, konnte er spüren, dass seine Worte Anklang in den Herzen seiner Zuhörer fanden. Alle hatten schwere Zeiten hinter sich. Alle waren in gewisser Hinsicht Geschwister, miteinander verbunden durch die Gemeinschaft des Schmerzes. Kein einziges Leben war von den Entbehrungen des Krieges unberührt geblieben, und die globale Bedeutung der Ehrfurcht vor dem Leben berührte Albert Schweitzers Seele tiefer als je zuvor. Tränen stiegen ihm in die Augen, und einen Moment lang konnte er nicht weitersprechen. Er hatte Heilung für sein Herz gefunden und Kraft bekommen, um sein Lebensziel, der Menschheit zu dienen, weiterzuverfolgen.

Gemeinsam spazierten der Erzbischof und Albert über das gepflegte Gelände der Universität von Uppsala. »Ihre Vorlesungen waren äußerst erfolgreich.«

»Ich habe sie sehr genossen. Vielen Dank für Ihre Einladung, hier Vorlesungen zu halten.« Schweitzers Dankbarkeit kam aus tiefstem Herzen.

»Welche Zukunftspläne haben Sie denn jetzt nach Abschluss der Vorlesungsreihe?«

»Ich trage eine finanzielle Last mit mir herum, von der ich mich irgendwie befreien muss. In den Kriegsjahren in Lambarene habe ich einiges an Schulden angehäuft. Die muss ich der Pariser Missionsgesellschaft zurückzahlen; ich weiß allerdings nicht genau, wie.«

»Wie ich schon sagte, haben viele Studenten hier Ihre Vorlesungen mit großem Interesse aufgenommen. Haben Sie schon einmal daran gedacht, eine weitere Vorlesungsreihe zu halten?«

»Nein, eigentlich nicht. Ich habe allerdings darüber nachgedacht, Orgel zu spielen und Konzerte zu geben.«

»Das ist auch ein großes Talent, mit dem Sie gesegnet sind.«

»Das habe ich meinem Vater zu verdanken. Er hat angefangen, mir das Klavierspielen beizubringen, als ich gerade einmal fünf Jahre alt war, auf dem alten Tafelklavier meines Großvaters. Schon in dem Alter machte es mir Spaß zu improvisieren und Harmonien zu erschaffen, statt exakt den Noten im Gesangbuch zu folgen. Als ich acht war, fing ich an, Orgel zu spielen. Ein Jahr später habe ich schon ab und an im Gottesdienst die Orgel gespielt. Als junger Erwachsener hat es mir mein Onkel ermöglicht, Unterricht bei Charles-Marie Widor zu nehmen, dem Organisten und Komponisten.«

»Und die Bücher, die Sie mit Widor über Bach geschrieben haben, etablierten Sie als eigenständigen Orgelexperten.« Der Tonfall des Erzbischofs war freundlich. »Vielleicht sollten Sie überlegen, sowohl Vorlesungen zu halten als auch Konzerte zu geben.«

»Vielleicht.« Albert war fasziniert von den sich eröffnenden Möglichkeiten. »Vielleicht werde ich das.«

Und so kam es. Nach nur drei Wochen, in denen er eine Konzert- und Vortragsreise durch Schweden unternahm, hatte Albert Schweitzer genug Geld eingenommen, um den größten Teil der Schulden für das Krankenhaus zurückzuzahlen.

Mitte des Sommers kehrte Schweitzer mit neuer Energie – und einer neuen Vision – nach Straßburg zurück. Er war fest entschlossen: Er würde nach Lambarene zurückkehren und seinen Beruf als Arzt für die Menschen in Afrika wieder aufnehmen.

Den restlichen Sommer über konzentrierte sich Albert Schweitzer darauf, die Erinnerungen an seine ersten Jahre in Lambarene aufzuschreiben. Nachdem das Buch *Zwischen Wasser und Urwald* 1921 erschienen war, wurde es noch im selben Jahr von der ursprünglich französischen Version ins Schwedische, Deutsche und Englische übersetzt. Bald wurde es in vier weiteren Sprachen veröffentlicht.

Das Jahr 1921 erwies sich als noch ereignisreicher als das vorangegangene. Am 13. März war Schweitzer in Spanien und freute sich sehr darüber, dass er als erster Organist Bachs *Matthäuspassion* in Barcelona spielen durfte.[52]

Schließlich traf sein lange erwartetes Manuskript *Kulturphilosophie* ein; doch es fiel ihm schwer, sich neben dem Schreiben auch auf seine Arbeit als Arzt und Pastor zu konzentrieren. Er war zuversichtlich, die notwendigen Finanzen für eine zukünftige Arbeit in Lambarene – wie auch für die aktuellen Lebenshaltungskosten – durch Vorträge, Orgelkonzerte und Honorare aus seinen Veröffentlichungen aufbringen zu können.

So gab er seine Stellen als Arzt und Pastor in Straßburg auf, und die Familie zog in das einfache hübsche Pfarrhaus von Alberts Vater in Günsbach.

In jenem Herbst reiste Schweitzer erneut in die Schweiz und von dort aus nach Schweden. Dann ging er nach England, um eine Reihe von Vorlesungen zu halten, die ihn nach Oxford, Cambridge, Birmingham und London führten. Dort gab er neben den Vorlesungen auch eine Reihe Orgelkonzerte.

Im Frühjahr 1922 kehrte Albert Schweitzer nach Schweden zurück. Von dort aus reiste er nach Günsbach und genoss die gemeinsame Zeit mit seiner Frau und Tochter. Er war noch nicht lange wieder daheim, als erneut Anfragen für Konzerte und Vorträge aus der Schweiz kamen. Diese nahmen einen großen Teil seiner Zeit in Anspruch.

Den Sommer über genoss Albert die Möglichkeit, in Günsbach zu bleiben und zu schreiben, bevor er im Herbst erneut in die Schweiz reiste. Dann hielt er Vorträge an der Universität von Kopenhagen sowie in anderen Städten Dänemarks und gab dazwischen immer wieder Orgelkonzerte, in denen er Bachs Musik auf eine Art und Weise Leben einhauchte, die niemand zuvor gehört hatte oder seither gehört hat.

Im Januar 1923 weilte Albert Schweitzer in Prag und lehrte wieder zum Thema seines in Kürze erscheinenden Buches *Kulturphilosophie*. Die Reisen durch Europa mit Vorträgen und Konzerten machten ihm große Freude. Er erinnerte sich später, dass er sich auf die Abreise nach Afrika in dem Wissen vorbereitete, drei ihm wichtige Dinge opfern zu müssen: das Orgelspielen, das Lehren und die Möglichkeit, seinen eigenen Lebensunterhalt zu verdienen. Nur einige wenige enge Freunde wussten, wie schwer es ihm fiel, diese drei Dinge loszulassen.

Die vielen Abendstunden, die er mit dem Üben von Bachs Stücken in Afrika verbracht hatte, ermöglichten es Albert Schweitzer, mit einer ausgefeilten Kunstfertigkeit nach Europa zurückzukehren, die viele zutiefst wertschätzten. Und obwohl er es aufgegeben hatte, an einer Universität zu lehren, erhielt er zahllose Anfragen zu Gastvorlesungen an vielen Universitäten. Mittels Orgel und Feder konnte er seine finanzielle Sicherheit wiedererlangen und darüber hinaus ein Polster für die kommenden Jahre in Afrika anlegen.

Ebenfalls im Jahr 1923 erschienen die ersten beiden Bände seiner *Kulturphilosophie*, nämlich *Verfall und Wiederaufbau der Kultur* und *Kultur und Ethik*. Dann bereitete er sich auf die Veröffentlichung von *Das Christentum und die Weltreligionen* vor – eine Sammlung seiner Vorlesungen aus Birmingham.

Während die Landschaft sich in jenem Herbst farbenfroh veränderte, veränderte sich auch die Landschaft von Albert Schweitzers persönlichem und beruflichem Leben. Es war Zeit für einen zweiten Aufenthalt in Afrika. Helenes Gesundheitszustand erlaubte es ihr nicht, ihren Mann zu begleiten, und so blieb sie mit der Tochter in Europa. Doch sie unterstützte ihn bereitwillig in seiner Entscheidung, nach Afrika zurückzukehren. Albert war zutiefst dankbar für das Opfer seiner Frau; sie unterstützte ihn enthusiastisch, seine Arbeit in Lambarene fortzusetzen, und gab ihm dadurch die notwendige Zielstrebigkeit, um seine Vorbereitungen abzuschließen.

Im Winter 1923/24 packte er Kisten mit Medikamenten und Instrumenten und unterbrach seine Arbeit nur, um einen Gedanken hier, eine Erinnerung dort zu notieren und so vor seinem Abschied von Europa ein letztes Buch zu schreiben, das er auch tatsächlich kurz vor seiner Abreise fertigstellte. Die Idee zu diesem Buch war auf einer Reise nach Zürich im Sommer zuvor entstanden. Ein Freund Albert Schweitzers – der bekannte Psychoanalytiker Dr. Oskar Pfister – ermutigte ihn, eine Weile auszuruhen und, ganz ohne Leistungs- und Zeitdruck, von Erinnerungen an seine Kindheit zu erzählen.

Dr. Pfister schickte Albert Schweitzer eine Kopie dessen, was er während dieses einen Nachmittags aufgeschrieben hatte, und diese Notizen waren die Grundlage für sein Buch *Aus meiner Kindheit und Jugendzeit*.

Eines Sonntags kurz vor seiner Abreise tobte draußen ein heftiger Sturm und zwang Albert, im Haus zu bleiben. So setzte er sich hin und fügte seinem Manuskript einige letzte Gedanken hinzu, bevor er es der Druckerei schickte:

> *Das große Wissen ist, mit den Enttäuschungen fertig zu werden. Alle Tatsachen sind Wirkung von geistiger Kraft; die erfolgreichen von Kraft, die stark genug ist, die erfolglosen von Kraft, die nicht stark genug ist. Mein Verhalten der Liebe richtet nichts aus. Das ist, weil noch zu wenig Liebe in mir ist … Meine Friedfertigkeit wird mißverstanden und gehöhnt. Das bedeutet, daß noch nicht genug Friedfertigkeit in mir ist.*[53]

Albert schaute von seinem Manuskript auf und aus dem Fenster. Der Regen hatte aufgehört und ein einzelner Sonnenstrahl schien vom grauen Himmel herab. Erneut wandte er sich seinem Manuskript zu: »Kein Sonnenstrahl geht verloren. Aber das Grün, das er weckt, braucht Zeit zum Sprießen, und dem Sämann ist nicht immer beschieden, die Ernte mitzuerleben. Alles wertvolle Wirken ist Tun auf Glauben.«[54]

»Vater!« Eine kleine Stimme tanzte ins Zimmer.

»Ja, Rhena?« Er legte seinen Stift beiseite und nahm seine Tochter auf den Schoß. »Du bist ja so groß geworden! Ich kann kaum glauben, dass du schon fünf bist!«

»Wir hatten doch unseren Geburtstag am gleichen Tag, Vater, erinnerst du dich?«

»Ja«, erwiderte er lachend, »das hatten wir, erst vor ein paar Wochen.« In Gedanken blätterte er die Seiten der letzten Jahre zurück, in denen er gesehen hatte, wie sein süßes kleines Baby zu einem noch süßeren Kind herangewachsen war. Er blätterte zu noch unbeschriebenen Blättern, auf denen er zum Abschied winken würde, ohne zu wissen, wann er sie wiedersehen würde. Er betete, dass es nicht allzu lang dauerte.

Rhena lächelte, hüpfte von seinem Schoß und rannte zum Spielen davon. Albert blieb wieder mit seinen Gedanken allein zurück. Er dachte über die Welt nach, in der seine Tochter aufwachsen würde. In einer Welt, die grausamer zu werden schien als je zuvor, sorgte er sich nicht nur um sie, sondern auch um die Zukunft der Menschheit. Er hielt nachdenklich inne, nahm dann wieder den Stift zur Hand und schrieb weiter:

Als einer, der versucht in seinem Denken und Empfinden jung zu bleiben, … bleibe ich dennoch überzeugt, daß Wahrheit, Liebe, Friedfertigkeit, Sanftmut und Gütigkeit die Gewalt sind, die über alle Gewalt ist …

Was ein Mensch an Gütigkeit in die Welt hinausgibt, arbeitet an den Herzen und an dem Denken der Menschen … Eine unermeßlich tiefe Wahrheit liegt in dem phantastischen Wort Jesu: »Selig sind die Sanftmütigen, denn sie werden das Erdreich besitzen«.[55]

Kapitel 6

Leben in Lambarene

Was ein Mensch an Gütigkeit in die Welt hinausgibt, arbeitet an den Herzen und an dem Denken der Menschen.[56]

Albert Schweitzer

1924–1927

Albert Schweitzers zweite Reise nach Afrika begann am 14. Februar 1924, zunächst mit einer Fahrt von Straßburg nach Bordeaux. Er war dankbar für seinen Reisebegleiter Noel Gillespie, einen jungen Studenten aus Oxford, dessen Mutter ihm erlaubt hatte, Dr. Schweitzer einige Monate lang bei seiner Rückkehr nach Lambarene zu unterstützen.

Eine Woche später fuhr der niederländische Frachter *Orestes* sie vom Hafen von Bordeaux in Richtung Afrika. Schweitzer war die ganze Nacht aufgeblieben und hatte Briefe geschrieben in der Hoffnung, noch so viele wie möglich vor seiner Abreise in die Post zu geben. Trotzdem blieben noch vier Säcke mit Briefen übrig; er hoffte, noch viele davon während der siebenwöchigen Seereise nach Kamerun beantworten zu können. Der Arzt zog es vor, mit dem Frachtschiff zu reisen, das unterwegs zahlreiche Häfen anfuhr, um mehr Zeit zur Beantwortung seiner Korrespondenz zu haben.

Als die Sonne hoch über die immer weiter in die Ferne rückende Landschaft aufstieg, wanderten seine Gedanken zurück zu der Zeit, als eben jene Landschaft in Sicht gekommen war. Wie schnell die Jahre doch vergangen waren! War es möglich, dass er endlich an den Ort zurückkehrte, an den er vor so langer Zeit gerufen worden war? Es war schwer zu glauben und doch wahr.

Während das Schiff aufs offene Meer fuhr und die Küste verschwand, wandte sich Albert Schweitzer der offenen See zu – und den Möglichkeiten, die am Horizont lagen. Dankbarkeit erfüllte sein Herz bei dem Gedanken an diejenigen, die ihn zu seiner Rückkehr nach Afrika ermutigt hatten. Gemeinden überall in Europa – in Schweden, Dänemark, England, der Schweiz und der Tschechoslowakei – hatten ihn unterstützt. Freunde, die er in den Jahren der Vorträge und Konzerte gefunden hatte, hatten ebenfalls ihre Unterstützung zugesagt. Die Sonne stand hoch am Himmel, der Dampfer tuckerte auf seinen nächsten Halt in Dakar zu, und Albert Schweitzer zog sich zu einer wohlverdienten Pause in seine Kabine zurück.

Am 14. April bestiegen Schweitzer und sein achtzehnjähriger Begleiter das Postboot *Europe*, das gleiche Schiff, das Albert und seine Frau vor elf Jahren nach Afrika gebracht hatte. Zwei Tage später trafen sie in Kap Lopez ein, das auch Port Gentil genannt wurde.

»Doktor?« Kaum hatte Albert einen Fuß auf den Strand gesetzt, strömten die Einheimischen auch schon auf ihn zu.

»Doktor!«, rief ein Zweiter.

»Unser Doktor ist zurückgekehrt!« Eine begeisterte Gruppe bildete ein improvisiertes Begrüßungskomitee, noch bevor er sein endgültiges Ziel erreicht hatte. Nach einer Übernachtung in Port Gentil bestiegen sie das Flussschiff *Alembe*, um den Ogowe hinaufzufahren.

»Das ist das gleiche Boot, mit dem wir bei unserer ersten Reise auf dem Fluss gefahren sind«, erklärte Albert Schweitzer seinem jungen Gefährten. »Wie alt und gebrechlich und schmutzig ist [es] geworden!«[57]

Am nächsten Tag – es war Karfreitag – strömte der Fluss still voran, als das Boot auf Lambarene zuhielt. Die kleinen Dörfer wirkten gealtert, die Menschen zerlumpter als zuvor. Die verarmte Gegend stand im scharfen Kontrast zu den wohlhabenderen Gegenden der Goldküste und Kameruns, durch die sie gerade gekommen waren.

Das fiel auch Noel auf und er fragte Dr. Schweitzer nach dem Grund.

»Das Land ist arm, weil es an kostbaren Wäldern so reich ist. Die Ausbeutung der Wälder geht auf Kosten des Anbaus von Lebensmitteln. Diese müssen eingeführt werden. Wo wir auch halten, immer wieder wird dasselbe ausgeladen: Säcke mit Reis, Kisten mit Schiffszwieback, Kisten mit Stockfisch und dazu Fässer mit Rotwein.«[58]

»Die Einheimischen zahlen also einen höheren Preis für diese importierten Waren mit dem Geld, das sie mit ihrer Arbeit in den Holzlagern verdienen?«

»Ja. Und gleichzeitig vernachlässigen sie es, ihre eigenen Felder zu bestellen und ihre eigene Ernte einzubringen. Es ist ein trauriger, unheilvoller Kreislauf, der schon viel zu lange so geht.«

Schweitzer wandte sich wieder seiner Schreibarbeit zu und Noel schaute auf das trübe gelbliche Wasser, das an ihnen vorbeiströmte, während sie baufällige Hütten, Papyrussümpfe und im Wasser treibende Pirogen passierten.

An jenem Abend gesellten sich beim Essen einige Holzhändler zu ihnen, von denen Albert Schweitzer einige bereits von seinen früheren Jahren hier kannte. Das Gespräch drehte sich hauptsächlich um die Kosten für Holz und Arbeit, doch dann entstand eine Pause. Schließlich meldete sich ein erfahrener Holzhändler zu Wort: »Die Leopardenbanden breiten sich aus.«

»Leoparden?«, fragte Noel ein wenig nervös.

»Keine richtigen Leoparden«, erklärte ein anderer Mann. »Es sind menschliche ›Raubtiere‹ – Männer, die zu geheimen Banden gehören, die die Gegend durchstreifen und mit ihren Morden Angst und Schrecken verbreiten. Sie binden sich Leopardenklauen an Hände und Füße – oder Nachbildungen aus Eisen – und töten Menschen.«

»Warum?«

»Einige dieser Männer sind nicht freiwillig Mitglieder der Bande geworden. Einem Mann wird ein Getränk angeboten, doch dieses Getränk wurde mit einem Zaubertrank versetzt«, erwiderte der Holzhändler.

»Natürlich wissen wir, dass es so etwas wie einen Trunk mit magischen Kräften nicht gibt«, unterbrach ihn Dr. Schweitzer. Er erinnerte sich an diese Banden aus seinen vergangenen Jahren in Afrika, und der Gedanke, dass sie ihr Territorium ausgeweitet hatten, jagte ihm einen Schauer über den Rücken. »Diese Männer sind abergläubisch. Man erzählt ihnen, sie hätten einen Zaubertrank getrunken, der in einem menschlichen Schädel gemischt wurde – eine Mixtur, die mit dem Blut eines anderen Opfers hergestellt wurde –, und dass sie nun unter der Macht des Zaubertranks stünden. Nun gehören sie ebenfalls zu der Bande und müssen demnach ebenfalls töten wie ein Leopard.«

»Ich sehe immer noch keinen Grund für die Morde«, beharrte Noel.

»Der Aberglaube der Eingeborenen sitzt sehr tief«, erklärte Dr. Schweitzer. »Die Medizinmänner und Ältesten wollen ihren Einfluss auf die jungen Männer nicht verlieren. Sie benutzen diesen Weg als Mittel, die Männer in striktem Gehorsam zu den alten religiösen Überzeugungen zu halten und im Herzen der anderen Angst zu säen. Besonders ins Visier genommen werden diejenigen, die nicht mehr den alten Traditionen anhängen, oder diejenigen, die Christen geworden sind.«

Wieder schwiegen alle. Nach der Gesprächspause sagte Dr. Schweitzer: »Bitte entschuldigen Sie mich, meine Herren. Ich glaube, jetzt ist etwas frische Nachtluft angesagt.«

Er durchquerte das schwankende Schiff und trat an Deck. Das schimmernde Spiegelbild des Vollmondes tanzte auf der Wasseroberfläche und wurde von Schatten der Äste von Bäumen, die über dem Fluss hingen, durchbrochen. An einem so perfekten Abend, unter dem Licht des Ostermondes, fiel es dem Arzt schwer zu glauben, dass unter dieser wunderschönen Oberfläche Schrecken und Schmerz lauerten, die durch Aberglauben und Fanatismus entstanden.[59]

Als die Sonnenstrahlen am folgenden Morgen durch die Bäume fielen und vom Wasser zurückgeworfen wurden, erreichten sie Lambarene. Noch waren keine Kanus von der Missionsstation zu sehen; und selbst als sie kamen, war es schwierig, genug Boote für alle Kisten, Pakete und Habseligkeiten zu finden, die Albert Schweitzer mitgebracht hatte. Es war bereits Mittag, als er endlich – wie in einem Traum – ans Ufer trat.

»Noel, bitte überwache das Ausladen«, sagte er zu seinem Assistenten. »Ich muss das Krankenhausgelände sehen.« Als er auf die Hügel zuging, erkannte Dr. Schweitzer, dass der Wald das Gelände zurückerobert hatte. Langes Gras wucherte an jeder Ecke, und Gestrüpp befand sich dort, wo einst Häuser gestanden hatten. Nur die zwei Gebäude aus Wellblech standen noch, obwohl das Dach aus Palmblättern unbrauchbar geworden war.

Einer der Missionare, Herr Herrmann, gesellte sich zu Albert, während er sein Krankenhausgelände erkundete. »Monsieur Pelot und ich haben uns nach Kräften bemüht, die Dächer instand zu halten. Wir haben sie nach jeder Regenzeit ausgebessert, aber im letzten Jahr haben unsere eigenen Pflichten unsere ganze Zeit in Anspruch genommen. Wir konnten uns nicht auch noch darum kümmern.«

»Keine Sorge. Es gibt viel zu tun, und darum bin ich hier.« Erinnerungen überwältigten Albert, als er auf sein kleines Haus zuging. Der Weg war überwuchert und kaum zu erkennen.

»Morgen werde ich gleich als Erstes die Jungen schicken, um den Fußweg zu Ihrem Haus freizulegen«, versicherte Herr Herrmann dem Arzt.

»O nein«, widersprach Albert Schweitzer, »lassen Sie mich ihn wieder austreten.«[60]

»Nun gut. Aber zuerst wollen wir zu Mittag essen.«

Albert freute sich, mit einigen der gleichen Missionare und Lehrer wiedervereint zu sein, die er von früher kannte. Sie genossen ein einfaches Mittagessen, und bald kam das Gespräch auf die Arbeit, die am Krankenhaus getan werden musste.

»Ich habe von ein paar Zimmerleuten gehört. Sie haben mir geschrieben und gesagt, sie könnten beim Wiederaufbau helfen.« Obwohl die Gebäude mehr verfallen waren, als Albert Schweitzer es sich vorgestellt hatte, war er voller Hoffnung und bereit, sich an die Arbeit zu machen.

»Es wird schwer sein, sie zu finden, Doktor«, erwiderte Herr Herrmann. »Überall bereiten sich die Holzhändler auf internationale Messen vor; sie haben Bestellungen aus aller Welt erhalten und stellen jeden ein, der eine Axt halten kann.«

»Nun, vielleicht kann der Wiederaufbau warten. Aber bei den zwei Hauptgebäuden muss das Dach repariert werden. Ich glaube, die erste Aufgabe wird es sein, Schindeln aus Raphiablättern für das Dach zu finden.« Nach dem Mittagessen durchquerte Albert Lambarene von einem Ende bis zum anderen, doch nirgendwo fand er auch nur eine einzige Schindel.

Die einhellige Antwort lautete: »Schauen Sie sich doch unsere eigenen Dächer an. Niemand hat Zeit, Raphiablätter über Bambus zu nähen.« Die Leute hatten recht; Schweitzers Gebäude waren nicht die einzigen ohne ordentliche Dächer.

»Noel, kommst du mit?«

»Wohin, Doktor?«

»In ein Dorf in der Nähe, etwas mehr als eine Stunde von hier. Die Bewohner kennen mich gut. Vielleicht kann ich dort Material fürs Dach finden.«

In jenem Dorf wurde Dr. Schweitzer von vielen begrüßt, die sich mit großer Zuneigung an *Le Grand Docteur* erinnerten. Er wanderte von Hütte zu Hütte, grüßte alte Bekannte und hielt gleichzeitig Ausschau nach Dachschindeln. Nachdem er seinen Wunsch geäußert hatte, wurde er zu einer Hütte geführt, hinter der etwa zwanzig Dachschindeln lagen. Nach einigen weiteren Funden hatte er vierundsechzig Stück beisammen.

»Wie viel darf ich Ihnen für diese Blätterschindeln zahlen?«, fragte Albert Schweitzer.

»Oh, die stehen nicht zum Verkauf«, entgegnete ein älterer Mann.

»Wir brauchen sie für unser eigenes Dorf«, sprach ein anderer.

Schweitzer war hartnäckig: »Ich bin zurückgekehrt, um das Krankenhaus wiederaufzubauen, und ich brauche die Schindeln, um meine Dächer zu reparieren. Andernfalls kann ich keine Patienten behandeln. Ich werde Sie gut bezahlen, und ich habe Geschenke in meinem Kanu.«

»Es gibt noch ein Dorf ein paar Kilometer flussaufwärts«, sagte einer der Dorfbewohner. »Vielleicht finden Sie dort welche.«

»Wenn Sie wollen, dass *Ihre* Leute im Krankenhaus behandelt werden«, konterte Albert gewitzt, »dann lassen Sie mich bitte Ihre Dachschindeln kaufen.«

Die umstehenden Männer lachten. »Unser guter Doktor würde nie jemandem die Behandlung verweigern.« Schweitzers weithin bekanntes Mitgefühl kam ihm bei seinen Verhandlungen nicht zugute. Doch der Arzt gab nicht auf und verhandelte weiter. Als es in Strömen zu regnen begann und die Sonne hinter dem grünen Dach des Urwaldes verschwand, luden Albert Schweitzer und sein Assistent Noel vierundsechzig Blätterschindeln in ihr Kanu und wurden zurück nach Lambarene gerudert.

Die ersten Wochen waren damit ausgefüllt, Kisten auszupacken und Vorräte aufzustocken, Dächer zu reparieren und dem Urwald das Krankenhausgelände wieder abzutrotzen. Dabei behandelte Albert Schweitzer die ganze Zeit über die Kranken, die sich wieder eingefunden hatten, kaum dass der Arzt nach Lambarene zurückgekehrt war. Das Sprechzimmer und die Apotheke waren als Erstes wieder instand gesetzt, gefolgt von der Station für die Patienten. Der Arzt war mitten in der Regenzeit zurückgekehrt, und genesende Patienten, deren Immunsystem bereits geschwächt war, bekamen schnell Schüttelfrost, wenn der Regen durch die klaffenden Löcher im Dach fiel. Deshalb kam es häufig vor, dass Noel oder Dr. Schweitzer in ein Kanu stiegen und sich auf die Suche nach Dachschindeln machten – selbst wenn sie dadurch anderen Pflichten nicht nachkommen konnten. Dieses Projekt kostete viel Zeit und Geld, doch es war eine lebenswichtige und notwendige Aufgabe.

Sobald diese ersten Gebäude in zufriedenstellendem Zustand waren, nahm Dr. Schweitzer den Bau eines weiteren Gebäudes in Angriff. Es sollte als Lager für die Ausrüstung, für Baumaterial und den Waschkessel dienen. Das war keine kleine Aufgabe, denn er musste feststellen, dass die Angehörigen seiner derzeitigen Patienten keinerlei Vorsorge für diejenigen treffen wollten, die in den nächsten Monaten und Jahren ins Krankenhaus kommen würden. Sie hatten kein Interesse, Kraft darauf zu verwenden, angenehme Unterkünfte für zukünftige Patienten zu schaffen:

> *Jetzt muß ich selber den Bauaufseher spielen, jeden Morgen die Leute von ihren Kochtöpfen zur Arbeit aufjagen, ihnen schmeicheln, ihnen Nahrung und Geschenke versprechen, ihnen die Werkzeuge in die Hand geben und abends feststellen, ob ja auch alle Äxte, Beile, Buschmesser und alle nicht verwandten Baumaterialien zurückgebracht wurden.*
>
> *Manchmal habe ich sechs Arbeiter, manchmal zwei. Oft auch finde ich, wenn ich morgens herunterkomme, keinen einzigen vor. Sie sind fischen gegangen oder ins Dorf gefahren, um Nahrungsmittel zu holen. Oder sie mußten irgendwohin, um ein Palaver zu erledigen. Dann ruht die Arbeit tagelang.*[61]

Inzwischen kamen täglich neue Patienten hinzu. Binnen zwei Monaten lagen im Krankenhaus mehr als zwanzig Patienten mit der Schlafkrankheit, fast ebenso viele Leprakranke und doppelt so viele, die an Geschwüren, Herzerkrankungen und Unfallverletzungen litten. Die Stationen waren mit diesen fast einhundert Patienten bis aufs letzte Bett belegt.

Die Behandlung für Opfer der Schlafkrankheit erforderte einen sechswöchigen Aufenthalt – jedenfalls für die Patienten, bei denen die Diagnose früh genug gestellt wurde, um sie noch behandeln zu können. Andere befanden sich in fortgeschritteneren Stadien der Krankheit; für sie konnte man wenig tun, außer ihnen ihren letzten Lebensabschnitt so angenehm wie möglich zu machen. Die Patienten mit Schlafkrankheit und diejenigen, die unter Geschwüren litten, brauchten regelmäßig Injektionen. Beim Durchschnittspatienten war es schon schwierig, eine Spritze zu setzen. Bei den unterernährten Opfern der Schlafkrankheit – von denen einige

Skeletten glichen – war es fast unmöglich, eine Vene zu finden, in die man die Medikamente spritzen konnte.

Eines Nachmittags kehrte Albert Schweitzer von einem erneuten Beutezug für Dachschindeln in den Dörfern am Fluss zurück. Dort war eine Gestalt zu sehen, die einige Meter vom Tor entfernt lag. Bei näherem Hinsehen fand Dr. Schweitzer einen alten Mann, der in seiner spärlichen Bekleidung zitterte und keine anderen Habseligkeiten bei sich hatte. Er schaute auf zu dem Arzt, der rasch nach Noel rief, damit dieser ihm half, den Mann hineinzutragen.

»Wer hat Sie hierhergebracht?«, fragte Dr. Schweitzer. Es geschah oft, dass hoffnungslos kranke Patienten am Flussufer oder vor der Tür des Krankenhauses abgesetzt wurden, damit »der gute Doktor« sich um sie kümmerte. Ihre einzige Hoffnung auf Linderung war der Tod.

»Ich habe reiche Verwandte. Sie wohnen in der Nähe von Samkita. Sie werden bald kommen, mit Essen und einem Geschenk … für Sie.« Die matten Augen des Mannes waren kaum auf den Arzt gerichtet, als er sein Versprechen wiederholte.

»Ich hole Ihnen eine Decke.« Doch Dr. Schweitzer hatte Probleme, eine Decke und ein Moskitonetz für seinen unerwarteten Patienten zu finden.

Noel entdeckte ein Moskitonetz und konnte im Lagerraum auch eine Decke auftreiben. »Wir brauchen dringend Nachschub«, vertraute er dem Doktor an.

»Ich habe schon vor Monaten dreiundsiebzig Kisten aus Straßburg schicken lassen. Sie sollten bald eintreffen.« Dr. Schweitzer konnte nur hoffen und beten, dass dem tatsächlich so war. Er kehrte zu dem alten Mann zurück und breitete eine Decke über seinen ausgemergelten Körper aus.

»Meine Verwandten werden bald kommen. Sie werden Sie belohnen und Lebensmittel für mich bringen«, beharrte der Mann. Schweitzer lächelte ihm voller Wertschätzung zu und vergewisserte sich, dass er es bequem hatte, bevor er die Station verließ.

Noel folgte ihm. »Glauben Sie, er hat wirklich Verwandte?«

»Wenn dem so wäre«, antwortete der Arzt, »hätten sie ihn dann mit kaum einem Fetzen Kleidung am Leib hier abgesetzt? Nein, ich erwarte nicht, dass für ihn jemand kommt. Das Beste, was wir jetzt für ihn tun können, ist, ihm zuzuhören und so zu tun, als würden wir glauben, was er sagt.«

»Das Krankenhaus wird zu einem Ort, an dem man die Sterbenden ablädt« – Noels Worte klangen verbittert –, »und man erwartet von uns, dass wir für sie sorgen und ihnen zu essen geben, sogar wochen- oder monatelang, bis sie sterben.«

»Das ist eine Belastung«, stimmte ihm Schweitzer zu, »besonders, weil es keine separate Station für die Todkranken gibt. Gerade letzte Woche haben drei Patienten das Krankenhaus verlassen, nachdem sie gesehen hatten, wie ein solcher hoffnungsloser Fall aus der Welt geschieden ist.«

»Was sollen wir tun?«, fragte Noel.

»Wir sollen für sie sorgen und sie mit Würde behandeln. Dieses Krankenhaus steht allen Leidenden offen, ganz gleich, in welchem Zustand sie sind. Wir werden sie nicht alle vor dem Tod retten können, doch wenn wir ihr Leiden lindern können und sie unsere Liebe und unser Mitgefühl spüren lassen, haben wir, glaube ich, unser Ziel erreicht.«

Nicht lange danach starb der Mann, ebenso wie eine Frau, die in einem ähnlichen Zustand zum Krankenhaus in Lambarene gebracht wurde. Herr Herrmann, der Missionar, sprach auf der Beerdigung, die für sie gehalten wurde: »Hier liegt eine Frau, die, als sie am meisten Hilfe brauchte, von ihren eigenen Leuten verstoßen wurde. Doch sie wurde von Fremden bereitwillig aufgenommen und erfuhr Güte und Barmherzigkeit. Weil Jesu Liebe in die Welt gekommen ist, haben verzweifelte Menschen nun Hoffnung.«

Ein Sonnenstrahl fiel durch die Palmen, als eine kleine Gruppe von Kindern aus der Missionsschule an ihrem Grab sang. Alle Versammelten spürten die Wärme der Sonne und die Liebe

Christi, die sie dazu trieb, sich um die Notleidenden zu kümmern und ihnen Hoffnung zu geben, wenn kein anderer es wollte.[62]

Dr. Schweitzer hatte begonnen, den Mittag zu fürchten. Dann versammelten sich nämlich die Patienten oder ihre Angehörigen um das Sprechzimmer, um Essensrationen zu erbitten. Wie früher kochten die Verwandten der Patienten selbst an einem großen Kochplatz in der Nähe der Hauptstation des Krankenhauses. Die täglichen Rationen bestanden aus einem Pfund Reis, sechs oder sieben großen Bananen oder mehreren Stangen Maniok-»Brot«[63]. Dr. Schweitzer gab außerdem Palmöl oder importiertes Kochfett aus Europa aus. Nach erfolgreichen Angelausflügen gab es Fisch.

Die täglichen Rationen bekamen diejenigen, die aus weit entfernten Orten kamen, die lange im Krankenhaus bleiben mussten und keine Vorräte hatten, und solche, die für Dr. Schweitzer arbeiteten. Allerdings kamen auch jeden Tag Menschen zum Vorratshaus, die nicht in diese Kategorien fielen. Vielleicht arbeiteten sie an einem Tag für den Arzt, wurden am nächsten Tag krank und hofften, bald wieder arbeiten zu können; daher erwarteten sie eine Ration. Die vorgebrachten Gründe und Ausreden waren vielfältig und zahlreich, und es fiel Albert Schweitzer schwer, jemanden wegzuschicken. Schließlich wandte er sich an einen neuen Assistenten, einen Einheimischen namens G'Mba, der jede ihm übertragene Aufgabe mit Begeisterung anpackte. Er übernahm diese neue Aufgabe, die Rationen zu verteilen, und handelte dabei sehr weise. Der Doktor war überaus erleichtert.

Der Bau einer zweiten Station hatte begonnen, doch er musste einige Wochen unterbrochen werden, um rasch einen gesonderten Raum für psychisch Kranke zu errichten. Ein junger

Patient – der an einem Spätstadium der Schlafkrankheit litt – war gefährlich geworden und musste an einem sicheren Ort untergebracht werden. Noel übernahm diese Aufgabe und bewachte den Patienten, doch zu seinem Entsetzen fand der junge Mann immer den schwächsten Punkt im Gebäude. Zehn Tage lang brach er jeden Abend aus. Schließlich war der neue Raum fertig.

Als Noel am folgenden Tag im Hühnerstall stand und die Hühner zählte, gab der Boden unter ihm nach. Die Wände fielen in sich zusammen, sodass ein zweites Bauprojekt dringend notwendig wurde, bevor wilde Tiere das wertvolle Geflügel erlegen konnten.

Der erste Tag des Sommers war vielversprechend. Die lang erwartete Lieferung von Kisten mit Vorräten traf ebenso ein wie das erste Motorboot der Missionsstation Lambarene. Es wurde sofort genutzt, um Dr. Schweitzers dreiundsiebzig Kisten mit Ausrüstung flussaufwärts zum Krankenhaus zu transportieren.

Einen Monat später erleichterte eine weitere Ankunft die Last, die Albert Schweitzer und Noel bis dahin getragen hatten: Es war Mathilde Kottmann, eine Krankenschwester aus Straßburg, und sie machte sich sofort an die Arbeit. Sie übernahm die Vielzahl der Küchenaufgaben – Wasser kochen, Geflügel zählen, Mahlzeiten planen, Eier suchen –, und sie führte auch den wöchentlichen Waschtag durch. Sobald in diesen Bereichen alles reibungslos lief, widmete sie ihre übrige Zeit dem Krankenhaus.

Joseph, Dr. Schweitzers erster Assistent, kehrte nach Lambarene zurück und arbeitete wieder für das Krankenhaus, obwohl seine zweite Arbeitsstelle im Holzgewerbe ihn von Zeit zu Zeit an andere Orte führte.

Einen Monat nach Frau Kottmanns Ankunft kam für Noel die Zeit des Abschieds. Seine Hilfe wurde schmerzlich vermisst. Die Aufgaben, die Dr. Schweitzer als Arzt und als Bauherr zu bewältigen hatte, waren mehr, als ein Mann angemessen bewältigen konnte. Doch Dr. Schweitzer musste nicht lange warten, bis Hilfe kam.

Viktor Neßmann, ein junger Arzt aus dem Elsass, ermöglichte es Dr. Schweitzer, sich besser auf die Bauprojekte zu konzentrieren, während Neßmann im Krankenhaus die Stellung hielt. Bei seiner Ankunft begrüßte er Dr. Schweitzer mit den Worten: »Jetzt sollen Sie ruhen, und ich übernehme alle Arbeit.«[64]

In den folgenden Wochen bewies der junge Arzt, dass er zu seinem Wort stand. Albert Schweitzer bemerkte einmal, sein neuer Assistent, der organisiert und praktisch und gleichzeitig mit einem lebensnotwendigen Sinn für Humor ausgestattet war, sei wie geschaffen für Afrika.[65]

Inzwischen hatte die Regenzeit begonnen, doch schon in der Trockenzeit von Mai bis September hatte es häufig Regengüsse gegeben. Ernte und Vegetation verdarben unter diesem zu frühen Regen, und Albert Schweitzer sorgte sich um das kommende Jahr. *Wie soll das Land überleben, wenn es eine Hungersnot gibt?*

Im Frühjahr 1925 schloss sich ein dritter Arzt, Marc Lauterburg, dem Team in Lambarene an. Seine Hilfe war unersetzlich in dem Krankenhaus, das unter dem nicht nachlassenden Strom von Patienten aus allen Nähten platzte. Er übernahm die chirurgischen Aufgaben, was ihm bei den Einheimischen den Namen »der Mann, der kühn schneidet« einbrachte.

Im Frühsommer brach in einem Holzlager nach dem anderen die Ruhr aus. Bald weitete sich dies zu einer Epidemie aus, die die ganze Region heimsuchte. Obwohl Albert Schweitzer ein Gebäude nach dem andern errichtete, war das Gelände zu klein, um expandieren zu können. Stationen, die für maximal vierzig Patienten ausgelegt waren, beherbergten die doppelte Anzahl, und trotz aller Bemühungen, die von der Ruhr betroffenen Patienten von den anderen zu isolieren, breitete sich die Krankheit aus.

Die Hungersnot, die von den ständigen Regenfällen des Vorjahres ausgelöst worden war, traf Lambarene im Herbst. Sie begann bereits im Sommer, doch mit importiertem Reis hielt sich das Krankenhaus wenigstens eine Zeit lang über Wasser. Dieser Nachschub wurde unerwartet unterbrochen, als ein Schiff mit einer Lieferung von Tausenden Tonnen Reis vor der afrikanischen Küste Schiffbruch erlitt. Der Reis war verdorben. Albert Schweitzer hatte eine Lebensmittelknappheit vorausgesehen und den Sommer über die Reisvorräte aufgestockt; so konnten sie die schwierigen Monate überleben.

Es wurde Oktober, und Dr. Schweitzer war zu einer Entscheidung gelangt. Am gegenwärtigen Standort hatte das Krankenhaus keine Möglichkeit zu expandieren. Es gab Platz für fünfzig Patienten, aber mehr als hundertfünfundzwanzig waren gegenwärtig auf den Stationen untergebracht. Lebensmittel waren ein tägliches Problem. An einem anderen Ort gäbe es die Möglichkeit, Nutzpflanzen anzubauen und Bäume zu pflanzen, um sich wenigstens teilweise selbst zu versorgen. Mit diesen Gedanken berief er ein Treffen mit seiner Krankenhausbelegschaft ein, die mittlerweile aus drei Ärzten und zwei Krankenschwestern bestand. Jeder Mitarbeiter hatte die Last der überfüllten und unzweckmäßigen Unterkünfte selbst erlebt.

Deshalb stellte ihnen Albert Schweitzer eine mögliche Lösung vor: Auf einem flachen Hügel einige Kilometer den Ogowe flussaufwärts sollte ein neuer Krankenhauskomplex gebaut werden. Der neue Ort trug den Namen *Adolinanango*, was in der Sprache der Bantu »über die Völker Ausschau halten« bedeutete.[66] Die Belegschaft war überglücklich über die Neuigkeiten, das Krankenhaus zu vergrößern.

Obwohl Albert Schweitzer gehofft hatte, Anfang 1926 nach Europa zurückkehren zu können, wusste er, dass niemand sonst dieses riesige Bauprojekt überwachen konnte. Er war bereit, die notwendigen Opfer zu bringen, und die Arbeit begann. Das ganze Jahr 1926 über wurde der neue Krankenhauskomplex errichtet, während gleichzeitig all die anderen Aufgaben erledigt wurden, die in erdrückender Zahl im Klinikalltag anstanden.

Am 21. Januar 1927 kamen die Patienten auf die neuen, geräumigen, sauberen Stationen. Am Abend brachte Dr. Schweitzer die letzten Patienten, die an psychischen Erkrankungen litten, in das neue Krankenhaus. Sie konnten nun in Räumen mit Holzfußböden wohnen statt wie vorher in Räumen mit feuchter Erde.

Albert Schweitzer sorgte dafür, dass alle es bequem hatten, bevor er wieder den kurvigen Weg den Hügel hinunterging, auf dem das Krankenhaus gelegen war. Von jeder Feuerstelle aus und unter jedem Moskitonetz riefen die Menschen voller Freude: »Das ist eine gute Hütte, Doktor, eine gute Hütte!«[67]

Vierzehn Jahre nachdem er nach Afrika gekommen war, konnte der Arzt endlich angemessene Unterkünfte für seine Patienten bieten. Von Freude überwältigt schaute er hinauf in den klaren Nachthimmel und war Gott dankbar, der ihn bis hierher getragen, ihm die Fähigkeiten für ein so riesiges Projekt geschenkt und die Herzen von Freunden überall in Europa bewegt hatte, die nötigen finanziellen Mittel dazu zur Verfügung zu stellen.

»*Wirklich* eine ziemlich gute Hütte«, lächelte Dr. Schweitzer in sich hinein, als er in sein eigenes Quartier zurückkehrte.

Kapitel 7

Leben zwischen zwei Welten

Schwer trage ich an der Last von Müdigkeit und Verantwortung, die seit Jahren ständig auf mir liegt. Von meinem Leben habe ich nicht viel für mich selber, nicht einmal die Stunden, die ich Frau und Kind widmen möchte. Als Gutes ist mir zuteil geworden, daß ich im Dienste der Barmherzigkeit stehen darf, daß mein Wirken Erfolg hat, daß ich viel Liebe und Güte von Menschen erfahre.[68]

Albert Schweitzer

1927–1939

Wieder war er an Bord eines Dampfers. Wieder schrumpfte die grüne Landschaft vor dem azurblauen Himmel und dem himmelblauen Meer, und Dr. Schweitzer ließ die afrikanische Küste hinter sich. Es war Juli 1927 und dreieinhalb Jahre her, seit er zuletzt Frau und Tochter gesehen hatte. Während dieses langen Aufenthalts in Afrika war auch Albert Schweitzers Vater 1925 im Alter von achtzig Jahren gestorben.

In den sechs Monaten seit dem Umzug in das neue Krankenhaus war der Bau weitergegangen. Der Komplex hatte nun Kapazitäten für 200 bis 250 Patienten und ihre Angehörigen, wenn nötig. Bisher hatte die übliche Zahl von Patienten zwischen 140 und 160 gelegen.

Da der Krankenhausalltag reibungslos lief und einige Ärzte während seiner Abwesenheit seine Arbeit übernehmen konnten, kehrte Dr. Schweitzer für zwei Jahre in seine Heimat zurück.

Das Wiedersehen mit seiner Frau und seiner mittlerweile achtjährigen Tochter war längst überfällig. Der Gedanke, sie wiederzusehen, erfüllte sein Herz mit Freude. Doch in die Freude mischte sich auch der Kummer, Afrika und die Menschen verlassen zu müssen, die er lieb gewonnen hatte.

Die zwei Jahre in Europa sollten nicht nur zum Ausruhen und Schreiben genutzt werden. Albert Schweitzer verbrachte einen großen Teil dieser Zeit auf Reisen. Menschen von Schweden bis Dänemark, von Holland bis England, von der Schweiz über Deutschland bis in die Tschechoslowakei profitierten von seinen ergreifenden Vorträgen und leidenschaftlichen Konzerten.

Die wertvollsten Augenblicke verbrachte er mit Frau und Tochter in dem friedlichen Kurort Königsfeld im Schwarzwald. In der frischen Bergluft besserte sich Helenes Gesundheit, also mietete ihr Mann dort ein Haus für seine kleine Familie. Er nutzte jeden ruhigen Moment, um weiterzuschreiben. Dieses Mal versuchte er, sein Buch *Die Mystik des Apostels Paulus* fertigzustellen, das er schon bei seiner ersten Afrikareise angefangen hatte. Seitdem hatte ihm allerdings die Zeit gefehlt, es zu vollenden. Seite für Seite fügte es sich zusammen, ebenso wie seine Pläne für seinen nächsten Aufenthalt in Lambarene.

Wieder war es Zeit zum Aufbruch. Einen Monat vor seinem fünfundfünfzigsten Geburtstag bestieg Albert Schweitzer ein Schiff nach Kap Lopez. Aber er war nicht allein, seine Frau reiste mit ihm, ebenso wie Dr. Anna Schmitz und Marie Secretan, die sich bereit erklärt hatten zu helfen. Während seines zweijährigen Aufenthaltes in Europa hatte er andere ermutigt, die Arbeit in Lambarene zu unterstützen, und vier weitere Ärzte aus der Schweiz waren dem Ruf zum Dienst an den Menschen in Afrika gefolgt.

Albert Schweitzer nutzte die lange Reise, um sein Buch über Paulus zu vollenden. Das letzte Kapitel schrieb er, als das Schiff bereits auf Kap Lopez zusteuerte, und das Vorwort, während der Dampfer den Ogowe hinauftuckerte. In Lambarene traf die kleine Reisegruppe einige Tage nach Weihnachten 1929 ein.

Das Jahr 1930 war von weiteren Bauarbeiten geprägt, da die Quartiere sich aufgrund einer zweiten Ruhr-Epidemie als zu klein erwiesen.

1931 zahlte sich Dr. Schweitzers Standhaftigkeit aus: Ein einzigartiger, effektiver und wirtschaftlicher Krankenhausbetrieb begegnete den immer größeren Nöten der Menschen in den umliegenden Dörfern. Mit der Hilfe und Unterstützung von Freunden in Übersee hatte das Krankenhaus einen voll ausgestatteten Operationssaal, eine Apotheke, in der jedes nötige Medikament in ausreichender Menge vorhanden war, und ein Lagerhaus, das nicht nur die Belegschaft mit Lebensmitteln versorgte, sondern auch Patienten, die nicht für sich selbst sorgen konnten.

Albert Schweitzers Bescheidenheit spiegelte sich in seinen Worten wider. Er schrieb sich die Leistung des Pionierprojekts nicht selbst auf die Fahne, und auch nicht, dass er über so viele Jahre den größten Teil der Arbeit in Lambarene selbst übernommen hatte. Vielmehr zollte er anderen Anerkennung: »Wie können wir es den Freunden des Spitals genug danken, daß sie uns ein solches Wirken möglich machen!«[69]

Außerdem bemühte er sich darum, das Krankenhaus so autark wie möglich zu machen, indem Obst, Gemüse und Getreide auf dem Krankenhausgelände angebaut wurden:

> *Jahr um Jahr wird seither daran gearbeitet, daß um das Spital herum ein Garten Eden entstehe. Hunderte von jungen Fruchtbäumen, die wir aus Kernen gezogen haben, sind schon gesetzt. Hier soll einmal so viel Obst wachsen, daß jeder sich nach Belieben nehmen darf und der Diebstahl damit also abgeschafft wird. Was die Früchte der Papayastaude, des Mangobaumes und der Ölpalme angeht, sind wir bereits soweit.*[70]

Bei der Gestaltung des Krankenhauses wurden praktische Aspekte und Bequemlichkeit miteinander vereint. Alle Gebäude waren auf 45 bis 50 Zentimeter hohen Holzpfählen errichtet, um zu verhindern, dass sie während der Regenzeit überflutet wurden. Sie waren aus Mahagoni gebaut, einem einheimischen und so festen Holz, dass nicht einmal Termiten es beschädigen konnten. Der Krankenhauskomplex ließ sich mit Fug und Recht als Dorf bezeichnen: Er hatte Dutzende Gebäude, Scheunen, Wege, kleine Wäldchen, Plantagen und einen Landesteg am Flussufer.

Während seines dritten Aufenthalts in Afrika im Jahr 1931 gab Albert Schweitzer der dringenden Bitte eines Verlegers nach, eine Autobiografie zu schreiben.

»Wenn Sie sie nicht schreiben, wird es ein anderer tun«, beharrte Felix Meiner.

Schweitzer meinte, in seinem relativ jungen Alter habe er noch nicht genug Erfahrung, um eine Autobiografie zu verfassen.

»Wenigstens könntest du über die Entwicklung deiner Gedanken und Erfahrungen bis zu diesem Punkt in deinem Leben schreiben«, schlug seine Frau vor.

Schweitzer gab nach und nahm das Projekt in Angriff. Binnen eines Monats, in dem er den Betrieb des Krankenhauses seinen kompetenten Kollegen überließ, stellte er das Manuskript für *Aus meinem Leben und Denken* fertig. Die Erstausgabe erschien 1931 in Leipzig, gefolgt von einer Ausgabe in England 1932 und einer in Amerika 1933. Fast eine halbe Million Exemplare wurden gedruckt und die Honorare aus den Verkäufen eingesetzt, um die Betriebskosten des Krankenhauses zu decken.

In den folgenden zehn Jahren entwickelte sich Albert Schweitzer wahrhaft zu einem Mann von Welt, der häufig zwischen Afrika und Europa hin- und herreiste. Er verbrachte so viel Zeit wie möglich mit seiner Frau und seiner heranwachsenden Tochter, doch er erhielt auch zahlreiche Einladungen von Kirchen, Missionskonferenzen, Universitäten, medizinischen Verbänden und theologischen Seminaren überall auf dem Kontinent. Die 1930er-Jahre brachten eine Wirtschaftskrise mit globaler Tragweite mit sich, und es kamen immer weniger Spenden von Einzelpersonen für das Krankenhaus. Daher war es notwendig, dass Albert Schweitzer Vorträge hielt und Orgelkonzerte gab. Es war viel Arbeit, aber auch eine große Freude für ihn.

Als Albert Schweitzer sich im Februar 1932 in Europa aufhielt, bemerkte er die immer dunkleren Schatten, die sich über die Welt legten. Ein zweiter Krieg drohte. Doch viele Menschen schienen ihr Gewissen vor dem Bösen zu verschließen, das in den Schatten lauerte.

Zu jener Zeit erhielt Schweitzer eine Einladung nach Frankfurt, um zum 100. Todestag von Goethe einen Vortrag zu halten. Johann Wolfgang von Goethe, der berühmte deutsche Dichter, Philosoph und Künstler, hatte das Denken und die Philosophie Albert Schweitzers beeinflusst. Er hatte Goethes Werke intensiv studiert und wollte gern einem von Goethes Mottos nachstreben: »Gutes tu rein aus des Guten Liebe!«[71]

Teilweise bestand Albert Schweitzers Vortrag in einer Antwort auf die Fragestellung, was es bedeutet, ganz und mutig Mensch zu sein:

> *So ist die Botschaft Goethes an den heutigen Menschen dieselbe wie an den damaligen und an den Menschen aller Zeiten: »Strebe nach wahrem Menschentum! Werde du selbst als ein sich verinnerlichender Mensch, der in einer seiner Natur entsprechenden Weise Tatmensch ist.« ... Können wir in den furchtbaren Verhältnissen unserer Zeit noch solch persönliches Menschentum verwirklichen? ... Und nun, hundert Jahre nach seinem Tode, steht es so, daß durch die Gewalt der Ereignisse und die Einwirkung einer durch sie bestimmten unheilvollen materiellen Entwicklung ... die geistige Selbständigkeit der einzelnen, soweit sie nicht schon vernichtet wurde, in schwerster Weise bedroht sind ...*
>
> *Den einzelnen sagt [Goethe]: Gebt das Ideal persönlichen Menschentums nicht preis, auch wenn es den Verhältnissen, wie sie sich ausgebildet haben, zuwiderläuft ... Bleibt Menschen mit eigener Seele! Werdet nicht Menschendinge, die sich eine auf den Massenwillen eingestellte und mit ihm im Takt pulsierende Seele einsetzen lassen!*[72]

Die Bedeutung hinter seiner Rede wurde von den Deutschen im ganzen Land deutlich verstanden. Viele, die der Naziideologie bereits nachfolgten, waren von seinen Worten verärgert. Andere stimmten ihm zu, hatten aber Angst, sich zu Wort zu melden, da das Land schon gefährlich nah am Abgrund eines weiteren Krieges stand. Als Albert Schweitzer Deutschland verließ und seine Europareise fortsetzte, erhielt er Briefe von Bekannten und

Freunden in Deutschland. Tief enttäuscht musste er feststellen, dass eine große Anzahl der Briefe von Pastoren und anderen religiösen Leitern kam. Sie brachten ihre Angst zum Ausdruck, sich öffentlich zu äußern oder in diesem gefährlichen politischen Klima Partei für eine bestimmte Seite zu ergreifen. Wenn sie Gelegenheit hatten, sich für Frieden und die Wahrheit einzusetzen, entschieden sich viele allerdings fürs Schweigen. Albert Schweitzer sagte alle Vortragstermine in Deutschland ab und kehrte erst nach Hitlers Tod und dem Ende des Zweiten Weltkriegs dorthin zurück.

Nach fast einem Jahr in Afrika – von April 1933 bis Januar 1934 – kam Schweitzer wieder nach Europa. Immer mehr musste er feststellen, dass sich seine Philosophie im Gegensatz zu dem Zustand der Welt befand, ein Umstand, der ihm große Sorgen bereitete. Aber er verzweifelte nicht, sondern versuchte, durch sein Leben seine philosophischen Überzeugungen bekannt zu machen. Er wollte ein persönliches Vorbild sein; dadurch und durch seine Vorträge in ganz Europa wollte er eines deutlich machen: »Es steht uns nicht frei, den Völkern Afrikas Wohltaten zu erweisen oder nicht zu erweisen. Es ist unsere Pflicht.«[73]

Immer wieder betonte er, dass die Menschheit unbedingt eine tiefe Ehrfurcht vor allen Formen des Lebens entwickeln müsse. Er wies auch darauf hin, dass die auf der ganzen Welt erforderliche Veränderung aus der Tiefe des menschlichen Herzens kommen müsse statt nur durch Worte.

Nach seinem fünften Aufenthalt in Afrika, der nur sechs Monate dauerte, kehrte Schweitzer erneut nach Europa zurück. Aufgrund der politischen und wirtschaftlichen Instabilität in Deutschland – die Deutschen gehörten zu den größten Unterstützern für das Krankenhaus – gingen die Spenden drastisch zurück. Albert Schweitzer blieb fast eineinhalb Jahre in Europa. Er hatte seinen europäischen Wohnsitz vom Bergdorf Königsfeld in Deutschland nach Lausanne in der Schweiz verlegt. Wegen der jüdischen Vorfahren seiner Frau und seiner eigenen Haltung, die dem in Deutschland vorherrschenden Antisemitismus entgegenstand, hielt er es für sicherer, ungefährdet in einem neutralen Land zu leben.

Im Februar 1937 kehrte Albert Schweitzer noch einmal nach Afrika zurück und arbeitete dort in diesem und im folgenden Jahr. In diesen Jahren reisten seine Frau und Tochter einige Male in die Vereinigten Staaten. Helene hatte einige Einladungen zu Vorträgen, bei denen sie über die Lasten und Freuden der Arbeit in Lambarene und über die Bedürfnisse des Krankenhauses und seiner Patienten sprach. Das Ergebnis dieser Besuche war die Gründung einer Organisation, die bis heute existiert: die Albert Schweitzer Fellowship (www.schweitzerfellowship.org).

Das Schweitzer-Bresslau-Krankenhaus (Bresslau war Helenes Mädchenname) war ein Ort voller Leben und einzigartig auf der Welt; hier kamen Ausländer und Einheimische zusammen. Dorfbewohner aus den entlegensten Ecken des Landes fühlten sich in ihrer Genesungszeit dort ebenso gut aufgehoben wie kranke Ausländer. Alle erhielten dort individuelle Zuwendung und professionelle Pflege. Ganz gleich, ob man die sonnenüberfluteten Wege entlangging oder an dem Landesteg saß, an dem es vor Menschen, Tieren und Kleidung in allen Farben nur so wimmelte, konnte man wohl ein halbes Dutzend Sprachen hören. Regionale Sprachen wie Punu und andere, aber auch Französisch, Deutsch und Englisch verschmolzen zu einer ebenso seltsamen wie merkwürdig harmonischen Mischung.

Es waren turbulente Zeiten für die Afrikaner. Sie mussten und wollten einen Übergang von der primitiven Lebensweise ihrer Vorfahren zu einer moderneren, westlichen Lebensart schaffen. Das betraf jeden Bereich ihrer Existenz – gesellschaftlich, kulturell und wirtschaftlich. Dr. Schweitzer lehnte viele der Übel ab, die der Kolonialismus mit sich gebracht hatte, wie Ausbeutung und Sklaverei. Gleichzeitig wusste er nicht, ob die Völker von Afrika, die erst vor Kurzem gezwungen gewesen waren, sich mit einer sich verändernden Nachkriegswelt auseinanderzusetzen, schon bereit für eine Selbstverwaltung waren. In dem Land, in dem er den Menschen diente, äußerte sich Albert Schweitzer dazu meist nicht öffentlich, sondern konzentrierte seine Energie stattdessen lieber auf die dringenden Bedürfnisse seines Krankenhauses.

Ein Brief, den er am Palmsonntag an Freunde in Europa verfasste, macht deutlich, dass seine Gedanken nie weit entfernt von dem sich immer weiter verdunkelnden Himmel waren, der drohend über dem Ort hing, den er einst Heimat genannt hatte:

> *Aber wenn ich auch so arbeite, bin ich doch in Gedanken in Jerusalem ... Und was dort geschah, der Einzug des Herrn, ist mir das Vorspiel zu dem, was einst kommen muß, der Beginn des Reiches Gottes. Ich fühle mich so fremd in der ganzen neuen Gedankenrichtung, weil all diese Leute den Gedanken des Reiches Gottes nicht mehr in sich tragen ... Wir müssen die Menschen sein, die das wahre Denken bewahren auf eine kommende Zeit hin. Wie verstehe ich jetzt die Propheten, die in der Zeit der kommenden und vollendeten Zerstörung Jerusalems auf die Zukunft, die nachher lag, dachten und ausschauten, über die Gegenwart sich erhebend ... So soll es Palmsonntag sein.*[74]

Nach zwei aufreibenden und ereignisreichen Jahren in Afrika kehrte Schweitzer Anfang Februar 1939 nach Europa zurück und musste feststellen, dass die Kriegsstimmung an Intensität zugenommen hatte; sie drohte, über die Ufer von Europa hinwegzuschwemmen. Albert Schweitzer wusste, dass sein Platz bei den Menschen in Afrika war. Er würde sie dieses Mal nicht verlassen, wenn er es verhindern konnte. Zwölf Tage nach seiner Ankunft in Europa bestieg er das gleiche Schiff, mit dem er gekommen war, und kehrte nach Afrika zurück.

Kapitel 8

Kleine Wunder in Lambarene

Humanität besteht darin, dass niemals ein Mensch einem Zweck geopfert wird.

Albert Schweitzer

1939–1944

Eines Morgens spazierte Albert Schweitzer durch das weitläufige Mangowäldchen. Außer dem fröhlichen Gezwitscher der Vögel und dem entfernten Gluckern des Flusses war es still. In seinem Kopf schwirrte es von Aufgaben. Seine erste Aufgabe bei der Rückkehr nach Afrika war es gewesen, medizinische Ausrüstung, Medikamente und andere Dinge des Gesundheitsbedarfs aus Afrika und Europa zu bestellen. Die meisten trafen umgehend ein, wofür er dankbar war.

Dann bestellte er einen Dreijahresvorrat an haltbaren Lebensmitteln – hauptsächlich Reis – in der Hoffnung, dass dieser Vorrat reichen würde, bis der Krieg endete.

Unter dem friedvollen Dach der Mangobäume war es schwer, sich vorzustellen, dass ein Krieg ausgebrochen war. Obwohl Albert Schweitzer sich so weit wie möglich aus dem Konflikt heraushielt, stand er wieder zwischen der deutschen und der französischen Front. Im Norden, genauer gesagt in Kamerun, befand sich Vichy-Frankreich[75] mit den Achsenmächten[76]. Die *Forces Françaises Libres*[77], unterstützt von den Alliierten, näherten sich vom Süden her. *Wann werden die gegnerischen Armeen aufeinandertreffen? Und wo?*

Die Antwort auf diese Frage ließ nicht lang auf sich warten. Die Front erstreckte sich entlang des Ogowe. An seinen Ufern gab es zahlreiche Zusammenstöße zwischen den Armeen. Das Krankenhausgelände wurde als kampffreie Zone respektiert. Trotzdem waren oft Kampfflugzeuge am Himmel zu sehen, je näher der Konflikt rückte.

Albert Schweitzer fühlte sich, wie eh und je, in erster Linie den Kranken und Verletzten und ihrer Pflege verpflichtet. Die Türen des Krankenhauses standen allen offen, ganz gleich, welche Seite sie unterstützten oder für wen sie kämpften. Da nun zusätzlich auch Kriegsopfer behandelt werden mussten, schrumpften die Vorräte rasch. Gleichzeitig reduzierte sich die Belegschaftsgröße auf drei Ärzte (Dr. Schweitzer eingeschlossen) und vier Krankenschwestern – die geringste Anzahl seit vielen Jahren.

1940, das zweite Jahr nach seiner Rückkehr nach Afrika, näherte sich seinem Ende. Post kam nur unregelmäßig. Wenn allerdings das Postboot aus Port Gentil eintraf, nahm Albert Schweitzer ein Kanu und fuhr die wenigen Kilometer bis zum Hauptdorf Lambarene.

»Dr. Schweitzer, hier ist ein Brief für Sie!«

Ein Lächeln breitete sich auf seinem Gesicht aus, als er den Inhalt las. Er faltete den Brief zusammen, steckte ihn in die Tasche und fuhr zurück zum Krankenhaus.

»Heute habe ich einen Brief erhalten«, sagte er beim Abendessen zu seinen Mitarbeitern. Alle Augen richteten sich auf den Arzt. »Sie wissen ja, dass meine Frau vor dem Krieg einige Zeit in den Vereinigten Staaten war. Offenbar haben ein paar von den Personen, mit denen sie gesprochen hat, alle Kräfte mobilisiert, um uns zu helfen. Sie haben eine Gruppe namens *Albert Schweitzer Fellowship* gegründet. Diese Gruppe hat mich nun kontaktiert und uns eingeladen, ihnen eine Liste zukommen zu lassen. Sie werden ihr Bestes tun, um uns zu schicken, was wir brauchen.«

Im ganzen Raum machten sich Freude und Erleichterung breit. Sofort begannen sie, einen Dankesbrief und eine lange Liste mit dringend benötigten Dingen zu schreiben.

Voller Spannung warteten sie das ganze Jahr 1941 auf die Lieferung. Zu jener Zeit war der Versorgungsweg von Europa aus völlig zusammengebrochen; die Unterstützung der amerikanischen Gruppe war die einzige Hoffnung, das Krankenhaus in Betrieb zu halten.

Im Sommer 1941 gab es eine weitere angenehme Überraschung. Am 2. August kehrte eine schmerzlich vermisste Mitarbeiterin nach langer Abwesenheit nach Lambarene zurück. Helene Schweitzer war durch die vom Krieg zerrissenen Länder Europas in Richtung Süden gereist und bis nach Lissabon in Portugal gekommen. Von dort aus hatte sie ein Schiff nach Angola genommen, das sich knapp tausend Kilometer südlich von Lambarene befindet. Nach einer so riskanten Reise war ihre wohlbehaltene Ankunft ein wahres Wunder.

Endlich war also auch Helene Schweitzer zu ihrem Mann in Lambarene gestoßen. Ihr Wiedersehen stellte einen Höhepunkt in den schweren Kriegsjahren dar. Nichts deutete auf ein baldiges Ende des Krieges hin, doch mit der Ankunft seiner geliebten Frau und Tochter verbesserte sich Alberts seelisches Wohlbefinden.

Gegen Ende des Jahres traf endlich die Lieferung aus den Vereinigten Staaten ein. Die Medikamente und medizinische Ausrüstung würden dem Krankenhaus die Weiterarbeit ermöglichen. Noch mehr Freude brachten die unerwarteten Gaben, wie zum Beispiel ein Paar Handschuhe, die tatsächlich auf Schweitzers große Hände passten, und Kochutensilien.

Danach folgten jährlich Sendungen von den treuen Mitgliedern der *Albert Schweitzer Fellowship*. Die Lieferung von 1943 ermöglichte es dem Krankenhaus, neue Patienten aufzunehmen. Die zusammengeschrumpften Vorräte hatten bedeutet, dass sie nur für die Patienten sorgen konnten, die gegenwärtig in Behandlung waren.

In der Lieferung von 1943 waren nicht nur medizinische Materialien enthalten, sondern auch Brillen und Schuhe, die sie an die dankbaren Patienten verteilten. Am Ende des Tages nahm Schweitzer sein Tagebuch zur Hand. »Wie dankbar«, schrieb er, »bin ich den treuen Freunden in den Ländern, die mir geholfen haben, denn jetzt kann ich alle Kranken aufnehmen, die in großer Not sind. Wir sind dadurch sehr ermutigt in unserer Arbeit!«[78]

In den Kriegsjahren nahmen die Nöte stark zu. Die Arbeitsbedingungen waren noch schwieriger als im Ersten Weltkrieg. Trotzdem traf immer gerade zur rechten Zeit Hilfe ein. Diese kleinen Wunder versicherten Albert Schweitzer und seinen Mitarbeitern, dass ihre Bemühungen von Gott gesegnet waren.

In einem Brief an einen Bekannten in Europa, den er im Herbst

1943 schrieb, schilderte Schweitzer Einzelheiten der täglichen Arbeit im Krankenhaus von Lambarene:

Seit Juni habe ich meinem jungen Kollegen Urlaub gegeben, damit er sich ausruhen kann; alle diese Monate habe ich die ganze Arbeit im Spital allein gemacht, mit der alleinigen Hilfe der Doktorin Wildikann ... Die Doktorin behandelte die Frauen und die Kinder und ich die Männer, die Urologie und die Chirurgie. Es war mir eine große Befriedigung, wieder zu operieren, und ich brachte zwei und manchmal drei Vormittage in der Woche damit zu. Es gibt hier soviel an Chirurgie zu tun, besonders was die Hernien und Elephantiasistumore betrifft. Zum Glück haben wir noch Material für die Operationen. Zwei Stunden im Tag verbrachte ich damit, die Arbeiter im Garten und in der Pflanzung zu überwachen und die zwei Zimmerleute anzuleiten, die immer mit dem Unterhalt und der Reparatur der zahlreichen Spitalbauten beschäftigt sind ... Meine Frau macht zur Zeit einen kurzen Aufenthalt am Meer. Es ist ein großer Segen, daß ich das als so schlecht verschrieene Urwaldklima so gut vertrage.[79]

In der Trockenzeit von 1944 hörte der Regen leider nicht auf, sodass es unmöglich war, Maniok, Bananen und andere Früchte anzubauen. Albert Schweitzer sorgte sich zutiefst um das kommende Jahr, weil er wusste, dass ohne Weiteres eine Hungersnot ausbrechen konnte, besonders unter den gegenwärtigen Bedingungen des Krieges und der am Boden liegenden Wirtschaft.

Am 14. Januar 1945 feierte Albert Schweitzer seinen siebzigsten Geburtstag. In einem Brief an den Rat der Vereinigten Kongregationalistischen Kirchen in den Vereinigten Staaten brachte er seine Dankbarkeit für ihre Unterstützung zum Ausdruck. Er schrieb auch einige persönliche Gedanken zu seinem eben vergangenen Geburtstag nieder:

Jeden Tag empfinde ich mit großer Dankbarkeit zu Gott die Gnade, daß ich in diesen Jahren noch meine Aufgabe im afrikanischen Urwald erfüllen kann. Die große Spende, die das Telegramm mir angezeigt hat, und zu der Sie so freigebig beigetragen haben, erfüllt mich mit großer Bewegung, und ich danke Ihnen aus tiefem Herzen. Für diese herrliche Gabe habe ich eine gute Verwendung. Sie wird mir dazu helfen, die vielen Einzelpatienten in meinem Spital, Patienten ohne Familienmitglieder, zu ernähren, die von weither kommen, gar nichts besitzen … Oft müssen sie wochen- sogar monatelang hierbleiben. Ich fühle mich so bedrückt, wenn ich einen noch nicht ganz ausgeheilten Kranken wegschicken muß, nur um sein Essen einzusparen. Ihre wunderbare Spende befreit mich von vielen Sorgen dieser Art. Für mich ist das ein großartiges Gefühl, und die Befreiung von diesen Sorgen gibt mir neuen Mut.[80]

Der 7. Mai 1945, ein Montag, begann als normaler Tag voller gewöhnlicher Arbeiten im Krankenhaus. Beim Mittagessen dachte Albert Schweitzer über seine Antworten auf die dringendsten Briefe nach, die mit dem Dampfer um vierzehn Uhr verschickt werden sollten. Nach dem Mittagessen setzte er sich an seinen Schreibtisch, um diese Antworten niederzuschreiben, als ein Patient an seinem Fenster erschien.

»Der Radiosender in Léopoldville hat gerade eine deutsche Nachricht gesendet. Sie werden einen Waffenstillstand an Land und zur See aushandeln!«

Die Tragweite der Worte begriff Dr. Schweitzer noch nicht ganz, er schrieb rasch seine Briefe zu Ende und ging zum Krankenhaus, um seine Patienten zu behandeln. Danach wurde die Krankenhausglocke kräftig geläutet und allen wurde bekannt gegeben, dass der Krieg vorbei war. Immer noch war Albert

Schweitzer die Nachricht nicht vollends ins Bewusstsein gedrungen, und er fuhr in seinen täglichen Pflichten fort. Müde machte er sich auf zur Plantage, um nach den Arbeitern zu schauen.

Als er sich an jenem Abend in seine Räume zurückzog, begann er endlich, über die Folgen des Kriegsendes nachzudenken. Tag um Tag hatten ihm die Informationen, die er über den Krieg erhielt, große Unruhe bereitet. Der Hunger und die Misshandlung von Tausenden in den Gefangenenlagern; die Not der Juden, Polen, Niederländer, Christen und anderer, die in die gnadenlosen Hände der Nazis gefallen waren; das Leiden von Tausenden Flüchtlingen in ganz Europa – all das hatte ihm schwer auf der Seele gelegen.

Nun war es vorbei. Er atmete tief auf, als er an die Menschen dachte, die in dieser Nacht zum ersten Mal nach so vielen Monaten ohne die Angst vor Bombenangriffen oder anderen Schrecken schlafen konnten. Er lauschte dem sanften Rauschen der hoch aufragenden Palmen vor seinem Fenster, wandte sich dann seinem Bücherregal zu und zog ein uraltes Buch hervor: das *Daode-jing* (Die Sprüche von Laotse), in dem die Gedanken eines chinesischen Philosophen aus dem 6. vorchristlichen Jahrhundert aufgeschrieben waren. Diese vor Tausenden von Jahren niedergeschriebenen Worte passten tragisch genau auf die Welt von heute:

Die Waffen sind unheilvolle Geräte, nicht Geräte für den Edlen. Nur wenn er nicht anders kann, gebraucht er sie … Ruhe und Frieden sind ihm das Höchste. Er siegt, aber er freut sich nicht daran. Wer sich daran freuen würde, würde sich des Menschenmords freuen … Bei der Siegesfeier soll der Staatsmann seinen Platz einnehmen nach dem Brauch der Trauerfeiern. Menschen töten in großer Zahl soll man beklagen mit Tränen des Mitleids. Darum soll, wer im Kampfe gesiegt, weilen wie bei einer Trauerfeier.[81]

Albert Schweitzer schloss das kleine Buch und stellte es zurück an seinen Platz. Der Krieg war vorbei, und das war eine gute Nachricht. Die schlechte Nachricht war, dass die Welt nie mehr die Gleiche sein würde. Dieselbe Waffe, die die weltweiten Kämpfe beendet hatte, läutete eine Zeit weltweiter Unsicherheit ein.

Nach dem Krieg blieben Albert Schweitzer und seine Frau in Lambarene. Mathilde Kottmann, eine Krankenschwester, die in den Kriegsjahren im Elsass gestrandet war, kehrte nach Afrika zurück, sobald der Krieg vorbei war. Die anderen Krankenhausmitarbeiter gingen wieder in ihre jeweiligen Heimatländer, sodass die Mannschaft nur noch aus Dr. Schweitzer, seiner Frau und der treuen Krankenschwester bestand.

Im Herbst 1945 wurden die Auswirkungen der Regenfälle aus dem Vorjahr sichtbar. Es gab Missernten und die Preise schossen in die Höhe. Wieder einmal herrschte eine Hungersnot.

Nachdem er versucht hatte, das Krankenhaus unter diesen schwierigen Umständen weiterzuführen, war Albert Schweitzer ein Jahr später kurz davor aufzugeben. Eben hatte er einen Brief geöffnet und zu seinem großen Leidwesen entdeckt, dass das Krankenhaus der örtlichen Bank, der *Banque Commerciale Africaine*, 124 752 Francs (dies entsprach im Jahr 1945 einer Summe von 1 045 US-Dollar) schuldete. Es war unmöglich, die Schulden zurückzuzahlen, jedenfalls im Moment. Das wenige Geld, das sie hatten, wurde für den Lebensunterhalt und die Betriebsausgaben benötigt.

»Wir werden das Krankenhaus schließen müssen.« Was Albert Schweitzer so lange gefürchtet und wogegen er immer angekämpft hatte, war schließlich geschehen. Diese unerfreuliche Erkenntnis schien endgültig zu sein, als sie ihm durch den Kopf ging.

In dem Versuch, sich nicht von Verzweiflung überwältigen zu

lassen, öffnete er einen letzten Brief. Er steckte in einem kleinen Umschlag ohne Absender. *Wahrscheinlich ein Brief von einem Dorfbewohner, der Medikamente will,* dachte Albert Schweitzer.

Stattdessen war es ein Schreiben vom Direktor einer neuen Bank, der plante, eine Filiale in Port Gentil (früher Kap Lopez) zu eröffnen: »Ich freue mich, Ihnen mitteilen zu dürfen, dass ich dem Schweitzer-Bresslau-Krankenhaus den Betrag von 380 822 Francs (dies entsprach im Jahr 1945 einer Summe von 4 375 US-Dollar) vom *Unitarian Service Committee* [Hilfsorganisation der Unitarier] in den Vereinigten Staaten zur Verfügung stellen kann.«[82]

Sein Herz hämmerte. Der Arzt las den Brief noch einmal – und noch einmal. Das Krankenhaus war gerettet!

Auf dem Rückweg von der Post in Lambarene zur Anlegestelle schwebte er regelrecht. Plötzlich hörte er, wie jemand seinen Namen rief: »Dr. Schweitzer!« Es war der Geschäftsführer eines der größten Geschäfte in Lambarene. »Ich habe gerade eine Ladung Butter aus Kamerun bekommen.« Seit Jahren hatte es keine Butter gegeben! Albert Schweitzer lächelte, als er den Laden betrat.

Beim Abendessen präsentierte der Doktor seinen Mitarbeitern die Butter. Ihre Freude war spürbar. Dann lächelte Dr. Schweitzer breit und überbrachte ihnen die Nachricht von der großen Geldspende. Allen Mitarbeitern wurde ganz leicht ums Herz und sie dankten Gott.

Im Anschluss an diese Nachrichten stellte das Personal eine Liste von dringend benötigten Dingen zusammen. Beispielsweise war die Bettwäsche des Krankenhauses so durchlöchert, dass es nicht mehr möglich war, sie zu flicken. Als Zweites wurden sofort zweieinhalb Tonnen Zement gekauft, um eine Anlegestelle am Flussufer zu bauen – ein längst überfälliges Projekt.

Jener Brief und die Spende blieben in dankbarer Erinnerung und waren Wendepunkte für das Krankenhaus. Albert Schweitzer blieb dem *Unitarian Service Committee* in den Vereinigten Staaten dankbar verbunden, der sich zu einer Zeit an das Krankenhaus erinnerte, als kein anderer es tat, und ihm die Weiterarbeit ermöglichte.

Die finanzielle Katastrophe war abgewendet. Bei allen war der Glaube wiederbelebt worden – und die Freude – und ihre Hingabe an die Aufgabe. Es war ein guter Tag für Lambarene. Und ein großer Tag für das Reich Gottes.

Kapitel 9

Ein Licht leuchtet den Weg

Das große Geheimnis ist, als unverbrauchter Mensch durchs Leben zu gehen.[83]

Albert Schweitzer

1945–1965

Gequälter Atem mischte sich in das Rauschen der Paddel, die in den Fluss eintauchten. Nur eine schwache Mondsichel war zwischen den funkelnden Sternen sichtbar, die wie kleine Lichtpunkte in der Nacht erschienen. Doch die Personen in dem kleinen Kanu beachteten den majestätischen Himmel nicht.

»Nur noch ein kleines Weilchen«, sagte eine ältere Frau sanft zu der Frau, die zu ihren Füßen kauerte.

»Wir sind fast da«, bestätigte ein Mann und zeigte auf ein schwaches Licht, das in der Ferne leuchtete. Einen Augenblick später spiegelte es sich auf der stillen Wasseroberfläche wider.

»Wir haben die Anlegestelle erreicht.« Der Mann seufzte erleichtert auf. »Ich gehe den Doktor suchen.«

Die Atemzüge der Frau verlangsamten sich einen Moment lang. Dann holte sie tief Luft, schaute auf und suchte etwas, worauf sie sich konzentrieren konnte, um ihre Gedanken von den heftigen Schmerzen abzulenken. Ihr Blick fiel auf die Laterne, um die herum eine Inschrift zu lesen war: »Hier, zu welcher Stunde du auch kommst, findest du Licht und Hilfe und menschliche Güte.« Eine weitere Welle von Schmerz schlug über ihr zusammen und sie fiel auf die Knie, doch ihre Augen blieben fest auf die Laterne gerichtet.

Hilfe. Hilfe. Menschliche Güte.

Augenblicke später näherten sich Stimmen.

»Helft ihr hier herüber«, sagte eine freundliche, tiefe Stimme, in der eine ruhige Autorität mitschwang. Frieden erfüllte die Frau, und sie wusste, dass alles gut werden würde.

Ein einzelner Sonnenstrahl fiel durch das Fenster, als die junge Frau die Augen öffnete und sich in der ungewohnten Umgebung umschaute.

»Herzlichen Glückwunsch«, sagte eine ausländische Frau und wiegte einen Säugling in den Armen. »Sie haben ein hübsches kleines Mädchen.« Sie reichte das Baby der Mutter der jungen Frau, die mit ihr durch die dunkle Nacht gereist war. »Ich gehe den Doktor suchen.« Die Krankenschwester verschwand.

Die junge Frau nahm den Säugling zu sich, hielt behutsam die winzigen Hände in ihrer eigenen Hand und war wie verzaubert von dem Wunder, das sie in den Armen hielt.

Ein Schatten erschien in der Tür. Sie schaute auf und erblickte einen alten Mann. Als er zu sprechen begann, erkannte sie die tiefe, ruhige Stimme von der Nacht zuvor. »Ihr Baby hat uns ein bisschen zu schaffen gemacht, aber alles ist gut. Sie sind gerade rechtzeitig gekommen.«

Tränen der Dankbarkeit stiegen der jungen Frau in die Augen.

Dann wandte sich die ältere Frau an die jüngere. »Du wurdest auch in diesem Krankenhaus geboren.« Lachfältchen zeigten sich, als sie ihre Tochter anlächelte.

»Wenn ich sehe, wie Mädchen, die hier geboren wurden, wieder herkommen und ihre eigenen Kinder hier im Krankenhaus zur Welt bringen, ist das der einzige Moment, in dem ich merke, dass ich alt werde.«[84]

Dr. Schweitzer untersuchte den Säugling. Nachdem er dem Kind beste Gesundheit bescheinigt hatte, verließ er den Raum, um seinen anderen Pflichten nachzugehen.

Eine Krankenschwester gab dem jungen Ehepaar die üblichen Anweisungen für frischgebackene Eltern, wie sie ihr neugeborenes Kind pflegen sollten.

Als die junge Mutter und ihr Mann später auf dem Weg zum Kanu waren, suchten sie noch einmal den Arzt auf. »Wir wollten Ihnen für Ihre Hilfe und Freundlichkeit danken.«

Dr. Schweitzer nahm das winzige Baby erneut auf den Arm und antwortete: »Erzählen Sie ihr eines Tages, dass ich ihr erster Verehrer war. Dass sie hier ihre erste Nacht verbracht hat und hier ihre ersten Träume hatte.«

Über die Jahre hatte sich der Krankenhauskomplex auf fünfundsiebzig Gebäude erweitert. In vielerlei Hinsicht war es mehr eine afrikanische Klinikgemeinschaft als ein makelloses europäisches Krankenhaus. Die barackenartigen Gebäude waren in Ost-West-Richtung gebaut, sodass die Dachgiebel an heißen, schwülen Tagen Schatten spendeten.

Durch die Dorfmitte erstreckte sich eine Hauptstraße, an der das erste Krankenhausgebäude errichtet worden war. Der ehemalige Apothekenkomplex diente jetzt als Operationssaal, Sterilisationsraum, Zahnarztpraxis, Kreißsaal, Säuglingsstation und Verbandsraum. Außerdem gab es einen Empfangsraum, einen Untersuchungsraum und eine Medikamentenausgabe, wo sich jeden Morgen eine lange Reihe von Patienten aufstellte, um ihre Rezepte einzulösen.

Am Eingang zum Krankenhaus hatte Albert Schweitzer auf zwei Betonsäulen eine Inschrift aus Matthäus 5 anbringen lassen: »Selig sind die Barmherzigen; denn sie werden Barmherzigkeit erlangen« und »Selig sind die Friedfertigen; denn sie werden Gottes Kinder heißen«.[85]

Hinter dem Hauptgebäude des Krankenhauses standen Bungalows für die Ärzte und die europäischen Patienten. Kaum einen Kilometer entfernt erstreckte sich eine Gruppe von Gebäuden über einen zweiten Hügel. Dieser war über einen Weg zu erreichen, der sich durch die Vegetation schlängelte. Dort befanden sich Lagerräume, Geräteschuppen, Wohnräume für die Krankenschwestern und Stationen für weibliche Patienten und Besucher. Weiter unten an dem flachen Hügel in Richtung der Anlegestelle beherbergte ein flaches Gebäude Wohnungen für Dr. Schweitzer und einige Mitarbeiter sowie die Poststelle und die Wäscherei. Die Krankenhausküche lag gegenüber, und neben der Küche befand sich der Speisesaal des Personals.

Die Klinik konnte viele medizinische Bereiche abdecken und

auf verschiedene andere Bedürfnisse eingehen. Es gab eine urologische Station, ein Haus für Patienten, die an psychischen Krankheiten litten, eine separate Kinderstation und eine für Geburtshilfe. Für die verschiedenen Stämme gab es separate Unterbringungsmöglichkeiten, um Konflikte zwischen rivalisierenden Stämmen zu vermeiden. Im Schweitzer-Bresslau-Krankenhaus wurden täglich durchschnittlich siebenhundert Patienten behandelt, und jeden Morgen wurde über eine Tonne Lebensmittel an die Patienten und ihre Familien ausgegeben.

Ein Pfad, der »Philosophenweg«[86] genannt wurde, zweigte in eine andere Richtung von einer Straße ab, die durch die ausladenden Bäume und eine angrenzende Zitrusplantage viel kleiner wirkte, als sie eigentlich war. Am Ende dieses Weges war das Lepradorf errichtet worden – fünfzehn lange, flache Gebäude, in denen Leprakranke behandelt wurden und untergebracht waren. Viele, die an Lepra litten, ließen sich erst dann behandeln, wenn die Krankheit bereits schmerzhafte Beeinträchtigungen hervorrief. Auch wenn die Krankheit nicht mehr fortschritt und Nerven und Körpergewebe zerstörte, blieben die Auswirkungen deutlich sichtbar. Diese Kranken blieben am ohnehin schwachen Rand der Gesellschaft; manche weigerten sich, in ihre eigenen Dörfer zurückzukehren. Hier in Lambarene fanden sie eine sichere und kameradschaftliche Gemeinschaft, in der sie nicht nur zur Instandhaltung des Klinikdorfes beitragen konnten, sondern auch Liebe und Akzeptanz fanden. Über zweihundert Menschen waren im Lepradorf zu Hause. Es waren Patienten und ihre Kinder, die alle in der einen oder anderen Form gemeinnützige Arbeit verrichteten, indem sie die Anlage pflegten und für einen reibungslosen Ablauf des Betriebes sorgten.

Tagsüber streiften alle möglichen Tiere durch die geschäftigen Straßen des Schweitzer-Bresslau-Krankenhauses. Außerdem waren Angehörige von Patienten auf dem Weg unterwegs, um für ihre kranken Verwandten zu sorgen. Bauleute und Arbeiter, die auf einer Baustelle oder mit Reparaturen an einem Gebäude beschäftigt waren, liefen durch die Straßen. Tiere wanderten friedlich durchs Dorf. Gleichzeitig war das Personal mit seinen verschiedenen Aufgaben beschäftigt. Manchmal wurde das Krankenhaus ein Ort mit einem »geordneten Durcheinander« genannt.[87]

> *Der Hof, der von den Häusern des [ausländischen] Personals eingerahmt ist, ist ein Miniaturzoo. Da kein Tier in der Nähe des Krankenhauses mutwillig getötet wird (die Einheimischen finden es viel profitabler, die Tiere zu Dr. Schweitzer zu bringen, der im Gegenzug immer ein »Geschenk« parat hat), weiß man nie, welche Tiere dort zu finden sind. [Zusätzlich zu den Haus- und Hoftieren] … gibt es dort auch wilde Tiere. Unter dem Haus des Arztes oder in Gehegen dahinter sind die Antilopen. Affen tollen durch die Bäume oder über die Wellblechdächer … Manchmal sitzt eine weiße Eule unter dem Verandadach oder ein Pelikan über der Tür des Doktors oder ein Storch auf dem Firstbalken. Ein Stachelschwein trottet schwerfällig über den Hof oder ein Wildschwein wühlt in der Erde herum … Unter ihnen bewegt sich der Doktor mit einem freundlichen, aufmerksamen Blick und einer freigebigen Hand. Immer wieder bleibt er stehen, um die weiße Eule mit kleinen Fleischstücken zu füttern oder eine Orange für die Antilopen zu schälen, mit dem Pelikan zu reden oder über die drolligen Streiche eines Schimpansen zu lächeln.*[88]

Wie immer erstreckte sich Dr. Schweitzers Ehrfurcht vor dem Leben über das menschliche Leben hinaus, nämlich auf die Welt der Tiere und noch weiter. Wenn er sah, wie jemand vom Personal einen Käfer erschlagen wollte, der sich durch seine wasserdichte Jacke gefressen hatte, hielt Albert Schweitzer ihn auf und sagte: »Denk daran, dass du nur Gast in seinem Land bist.«[89] Seine Tochter Rhena erinnerte sich an seine Anweisung, nie eine Blume zu pflücken – dies betrachtete er als unnötige Zerstörung von Leben.

Die Tiere, die auf dem Krankenhausgelände lebten, hatten oft ihre eigenen Geschichten; sie alle hatten in Dr. Schweitzer einen verwandten Geist und fürsorglichen Freund gefunden. Leonie, ein Antilopenjunges, war ein solches Geschöpf. Als kleines Kitz war es mit seiner Mutter in eine Falle geraten. Als die Einheimischen eintrafen, sprang die Antilopenmutter aus dem Loch und floh. Das Kitz blieb allein zurück und wurde zu Dr. Schweitzers Krankenhaus gebracht, wo der gute Doktor es mit der Flasche aufzog und in einem Gehege in der Nähe seines Hauses hielt. Abends hielt sich das Junge oft in Albert Schweitzers Nähe auf, während er in seinem Studierzimmer arbeitete. Als es älter wurde und eine kulinarische Vorliebe für seine Papiere entwickelte, durfte es auf dem Krankenhausgelände umherwandern und freundete sich bald mit zwei anderen Antilopenkitzen namens Theodore und Lucie an.

Monsieur le Pelican war ein weiteres Geschöpf, das sein Zuhause in der freundlichen Gemeinschaft gefunden hatte. Er war als Küken zusammen mit zwei anderen Pelikanküken gerettet und zu Dr. Schweitzer gebracht worden. Ihre Flügel waren unterentwickelt, weshalb der Doktor die Tiere von Hand fütterte und sie auf seiner breiten Veranda hielt. Irgendwann lernten sie, selbst am Fluss zu fischen, und zwei von ihnen zogen mit dem Beginn einer Regenzeit mit größeren Pelikanschwärmen davon. *Monsieur le Pelican* hingegen, dessen Entwicklung immer langsamer war als die der anderen beiden, blieb im Krankenhaus zurück.

»Er ist mein Nachtwächter«, erklärte Dr. Schweitzer eines Abends einem Besucher, als er ihn mit dem Vogel bekannt machte:

Jeden Abend um achtzehn Uhr, wenn die Glocken der katholischen Missionsstation auf der Insel im Fluss zu läuten beginnen, beendet er seinen Fischzug, kommt heraufgeflogen und nimmt seinen Posten für die Nacht ein. Und jeden Morgen um sechs Uhr, wenn die Glocken die Missionsstation wecken, breitet er seine großen Flügel aus und verschwindet wieder zum Fischen. Doch während er in der Nacht am Haus ist, kann niemand die Verandastufen hinaufsteigen außer Mademoiselle Emma, die ein Zimmer in diesem Haus hat, und mir. Alle anderen bekommen einen kräftigen Schlag auf den Kopf. Er ist ein sehr treuer Wächter, und eine ganz eigene Persönlichkeit.[90]

Albert Schweitzers Philosophie von der Ehrfurcht vor dem Leben war in seinem täglichen Umgang mit jedem Menschen und jedem anderen Geschöpf, das zum Ufer seines Krankenhauses kam, deutlich zu sehen. Er behandelte alle, die in Not zu ihm kamen, mit Rücksicht und Würde. Sogar die Tiere.

Der Alltag im Schweitzer-Bresslau-Krankenhaus sah für gewöhnlich so aus:

Der Tag im Krankenhaus begann sehr früh, manchmal noch, bevor die ersten Sonnenstrahlen durch das grüne Dach aus Ästen mit dichtem Laub fielen. Rauch von einem Dutzend Kochstellen vor den Stationen stieg in das gedämpfte Licht hinauf. Im Morgennebel war *Le Grand Docteur* bereits auf den Beinen, um den Tag zu begrüßen. Er rasierte sich mit seinem alten Rasiermesser – ohne Wasser oder Seife, die die Angelegenheit angenehmer gemacht hätten.

Der Morgengong – eine unbenutzte Eisenbahnschiene, gegen die ein Metallstab geschlagen wurde – ertönte zum ersten Mal um sechs Uhr dreißig, der Weckruf des Krankenhauses. Um sieben Uhr dreißig erklang er ein zweites Mal und kündigte das Frühstück für das Krankenhauspersonal an. Im Speisesaal konnten sie zwischen verschiedenen Marmeladen aus einheimischen Früchten für ihr Brot wählen, das jeden Tag frisch gebacken wurde. Kaffee und Tee waren immer frisch und stark.

Nach dem Frühstück kontrollierte Dr. Schweitzer vor seinem

Haus die Anwesenheit des Personals. Er teilte Werkzeug an die afrikanischen und europäischen Arbeiter aus und gab ihnen Anweisungen für ihre Tagesaufgaben. Die Arbeit begann um acht Uhr mit einem weiteren Gong.

Dann stellten sich die Patienten und ihre Familien auf, um ihre täglichen Essensrationen zu erhalten. Anschließend eilten die Frauen – Ehefrauen oder Töchter der Patienten – ans Flussufer, um Kleidung zu waschen und sie zum Trocknen auf der Wiese auszubreiten.

Auch das Personal begann mit seiner Arbeit, die ganz vom Wochentag und ihren jeweiligen Aufgaben abhing. Montag, Mittwoch und Freitag waren OP-Tage, es sei denn, es tauchte unerwartet ein Notfall auf. Dienstag, Donnerstag und Samstag waren als Sprechstundentage für neue Patienten reserviert. Der Samstag war außerdem Putz- und Zahltag. Sonntag war der Tag für Ruhe, Einkehr und Gottesdienst.

Täglich behandelte das Krankenhauspersonal Patienten, wechselte Verbände und gab Medikamente aus. Einige Mitarbeiter setzten ihre Zeit ein, um den psychisch kranken Patienten den Tag zu verschönern: Sie leiteten sie zu einfachen Aufgaben im Garten oder zu anderer Arbeit an, die es ihnen ermöglichte, ihre Fähigkeiten zu trainieren und Selbstbewusstsein zu entwickeln.

Mittags läutete der Gong eine Arbeitspause ein. Um halb eins erklang er erneut zum Mittagessen. Das Personal bekam Salat, Brot (zweimal pro Woche mit Butter), Nudeln und gelegentlich Fleisch eines Krokodils, das erschossen werden musste, oder anderes exotisches Fleisch. Wieder gab es reichlich Kaffee und Tee. Nach einer halben Stunde ging das Personal nach und nach wieder an seine Arbeit. Manchmal gönnten sie sich ein kurzes Nickerchen, wie von dem Doktor empfohlen, obwohl er selbst sich nur selten Zeit dafür nahm.

Nach dem Mittagessen besuchte Dr. Schweitzer die Stationen oder schaute an der Baustelle vorbei, wo eine neue chirurgische Station in Arbeit war. Manchmal sah man ihn über seinen

Schreibtisch gebeugt dasitzen, wenn er den allgegenwärtigen Poststapel bearbeitete. Um vierzehn Uhr erklang der Gong erneut, und die Patienten reihten sich vor der Apotheke auf, um ihre verschriebenen Medikamente abzuholen. Die Medizin wurde sofort eingenommen, sodass sich die Krankenschwestern versichern konnten, dass sie nicht vergessen, weggeworfen oder als Amulett auf eine Kette aufgefädelt wurde.

Wenn die Schatten langsam auf die Gebäude fielen, ertönte der Gong erneut und zeigte das Ende des Arbeitstages an. Weil es im Krankenhaus keine Elektrizität gab – außer einem kleinen Generator, mit dem das Röntgengerät betrieben wurde und die Beleuchtung, falls nachts eine Notoperation durchgeführt werden musste –, hatte jeder Mitarbeiter eine Kerosinlampe, die er mit sich herumtrug, wenn er seine letzten abendlichen Aufgaben erledigte und sich dann zum Abendessen um neunzehn Uhr zum Speisesaal begab.

Dort stellten alle ihre Laternen auf kleine Flamme und reihten sie neben dem Eingang zum Speiseraum auf, bevor sie selbst Platz nahmen. Das weiße Tischtuch warf einen sanften Glanz von den leuchtenden Laternen zurück, während ein kurzes Gebet von Dr. Schweitzer die Mahlzeit einleitete. Gedämpfte und doch freundliche Gespräche begleiteten die Mahlzeit, die aus Suppe, Gemüse und Fisch bestand. Manchmal bemerkte Dr. Schweitzer, dass jemand etwas hungriger als sonst aussah, oder er erinnerte sich daran, dass jemand ein bestimmtes Gericht besonders gern mochte. Dann reichte er eine halbe Portion Fisch oder eine ganze Portion Ananas von seinem eigenen Teller an diese Person weiter und sagte einfach: »Hier, das ist für Sie.«[91] Dem Hauptgang folgten oft Kaffee und Kuchen.

Sobald alle gegessen hatten, wurden die Teller gegen Gesangbücher eingetauscht. Dr. Schweitzer nannte die Seitenzahl, während er sich ans Klavier begab, das zwischen zwei großen Fenstern an der Wand stand. Obwohl häufig die gleichen Lieder gesungen wurden, war sein Vorspiel immer originell – mit einem Hauch von Klassik an einem Tag und einem anderen einzigartigen Stil am nächsten. Das Lied war immer viel zu kurz, um eine solch brillante Improvisation vollauf genießen zu können. Das Klavier war nicht mehr perfekt gestimmt - in dem tropischen Klima war das auch gar nicht möglich.

Dann kehrte Dr. Schweitzer auf seinen Platz zurück und begann, die von ihm ausgesuchten Bibelverse zu lesen, anschließend betete er das Vaterunser. Er las auf Deutsch, und es folgte eine kurze, aber interessante Erörterung oder ein Kommentar. Oft las er den Text noch einmal auf Französisch, wenn Personen anwesend waren, die kein Deutsch sprachen. Das darauffolgende Gespräch wurde häufig von der getreuen Kuckucksuhr unterbrochen, die die volle Stunde verkündete.

Ein paar Minuten später bemerkte der Doktor: »Gut, und nun zurück an die Arbeit.«[92] Bevor alle gingen, setzte er oft hinzu: »Meine Tür steht offen.« Die Mitarbeiter durften immer mit ihren Sorgen oder Problemen zu ihm kommen, der für viele wie ein Vater war, und sich sicher sein, dass der Doktor ihnen mit Vertrauen und Mitgefühl begegnete. Besucher hatten oft Fragen oder baten um Interviews, und Dr. Schweitzer war immer entgegenkommend.

Die Mitarbeiter setzten ihre Gespräche meistens noch nach dem Abendessen fort. Sie besprachen die Ereignisse des Tages, wichtige Nachrichten oder Wetteränderungen. Manchmal spielte auf dem Phonographen eine Schallplatte. Ständige Hintergrundmusik waren, wie immer, die Geräusche des afrikanischen Urwaldes bei Nacht - Ochsenfrösche, Zikaden und das sanfte Rauschen der hoch aufragenden Palmen. Nach einem ereignisreichen Tag dauerte es nicht lange, bis die Gespräche verstummten und Laternenlichter sich den Weg hinunter zu den Personalquartieren bewegten. Der letzte Gong des Tages leitete die Nachtruhe ab einundzwanzig Uhr ein.

Manchmal drangen die sanften Töne Bachscher Musik aus Dr. Schweitzers Zimmer, wo er noch immer das Klavier mit Orgelpedalen zum Üben nutzte. An anderen Abenden saß er bis spät in die Nacht an seinem Schreibtisch und formulierte sorgfältig einen Brief oder eine Dankeskarte, trotz des hartnäckigen Krampfes in seiner Schreibhand.

Ab den 1950er-Jahren kümmerte sich ein fähiges Mitarbeiterteam um die täglichen Aufgaben und den Betrieb der Klinik. Sie versammelten sich regelmäßig, um über Richtlinien oder andere sachbezogene Fragen abzustimmen. Natürlich trug Dr. Schweitzer Ratschläge und Erkenntnisse aus seinem enormen Erfahrungsschatz bei. Sein ausgezeichnetes Gedächtnis für vergangene Operationen und die zahlreichen medizinischen Fälle, die er über die Jahre behandelt hatte, war dabei sehr hilfreich. Ein begabter Chirurg, Rolf Müller, war von 1959 bis 1964 der Oberarzt. Obwohl Albert Schweitzer in den letzten fünfzehn Jahren seines Lebens nicht mehr selbst operierte, profitierte das Personal von Lambarene gern von seiner Weisheit. Mit der Aufsicht über die vielen Bereiche des Krankenhausbetriebes war er weiterhin vollauf beschäftigt.

In den späteren Jahren von Albert Schweitzers Leben kritisierten manche die altmodischen Arbeitsmethoden in der Klinik und schlugen vor, der Doktor solle groß angelegte Projekte für die öffentliche Gesundheit und Forschungsprojekte anstoßen. Seine Antwort war einfach, er sei zu alt und seine Nachfolger müssten diejenigen sein, die den Staffelstab für Veränderungen und Modernisierungen übernähmen.[93]

Nach seiner ersten Reise nach Afrika war Schweitzer in den ersten Jahren seines Dienstes der einzige Arzt im Umkreis von mehr als 1 500 Kilometern. In seinen späteren Jahren bot medizinisches Personal aus Ländern rund um den Globus seine Fähigkeiten dem Krankenhaus an, das inzwischen als große medizinische Institution bekannt war. Dr. Schweitzer erinnerte sich oft an die Zeiten im Jahr 1946, als er nur zwei Helferinnen hatte – seine Frau und Schwester Kottmann.

Im Jahr 1946 verschlechterte sich Helenes Gesundheitszustand so sehr, dass sie in die Schweiz zurückkehren musste. Albert blieb noch zwei Jahre in Afrika. Das war sein längster Aufenthalt auf dem Kontinent, abgesehen von einem nur zwölftägigen Abstecher nach Europa vor Kriegsbeginn. Im Oktober 1948 gab es schließlich so viele Freiwillige im Krankenhaus von Lambarene, dass er nach Europa zurückkehren konnte.

Endlich konnte er auch seine Familie wiedersehen – seine Frau, seine Tochter und zum ersten Mal auch seine vier Enkelkinder. Seine Tochter Rhena hatte 1939 den Ingenieur und Orgelbauer Jean Eckert geheiratet, und sie hatten sich in der Schweiz in der Nähe von Zürich niedergelassen, wo ihre Kinder zur Schule gingen.

Seine erste und einzige Reise in die Vereinigten Staaten unternahm Albert Schweitzer im Juli 1949. Die Universität von Chicago und die Ford-Stiftung hatten ihn eingeladen, anlässlich des 200. Geburtstags von Goethe in Aspen, Colorado, einen Vortrag zu halten. Mit dem Geld, das er während seines kurzen Aufenthalts in Amerika verdiente, konnte er es sich leisten, das Krankenhausgelände instand zu setzen.

Im November des gleichen Jahres kehrte Albert Schweitzer zu seinem achten Aufenthalt nach Afrika zurück. Er blieb neunzehn Monate und leitete den Wiederaufbau des Krankenhauses, das während der finanziellen Engpässe in den Kriegsjahren ziemlich verfallen war.

In den 1950er-Jahren reiste Dr. Schweitzer recht oft zwischen Gabun und Europa hin und her wie schon in einer Phase zwanzig Jahre zuvor. In jenen zehn Jahren besuchte er Europa fünf Mal für jeweils sechs Monate. Wie zuvor hielt er Vorträge und erhielt Einladungen an Orte in ganz Europa. Einladungen zu Vorträgen vor Studenten nahm er ausnahmslos an, weil er davon überzeugt war, dass die Zukunft der Philosophie in den Herzen der Jugend lag.[94]

In dieser Zeit wurde seine Arbeit in größerem Umfang bekannt, und er erhielt zahlreiche Preise und Auszeichnungen. Im Jahr 1951 erhielt er für seinen Einsatz für den Weltfrieden den mit 10 000 D-Mark dotierten Friedenspreis des Deutschen Buchhandels. Im Jahr 1952 wurden seine humanitären Bemühungen mit der Prinz-Karl-Medaille ausgezeichnet, die ihm von König Gustav VI. Adolf von Schweden verliehen wurde. Als er 1953 mit seiner Arbeit in Afrika beschäftigt war, erhielt er für seinen ständigen Einsatz und seine Leistungen die größte Auszeichnung überhaupt: den Friedensnobelpreis. Da er sich nicht in Europa aufhielt und so den Preis nicht entgegennehmen konnte, wurde er stellvertretend an den französischen Botschafter überreicht. Dr. Schweitzer benutzte das Preisgeld, um den Bau des Lepradorfes in Lambarene zu finanzieren. Im November des folgenden Jahres hielt Albert Schweitzer seine Nobelpreisrede mit dem Titel »Das Problem des Friedens in der heutigen Welt«:

> *Noch aber leben wir in der Zeit der Friedlosigkeit. Noch müssen sich die einen Völker durch die anderen bedroht fühlen …*
>
> *Mögen die, welche die Geschicke der Völker in den Händen haben, … das wunderbare Wort des Apostels Paulus beherzigen: »So viel an euch liegt, habt mit allen Menschen Frieden.« Es gilt nicht nur den Einzelnen, sondern auch den Völkern. Mögen sie in dem Bemühen um die Erhaltung des Friedens miteinander bis an die äußerste Grenze des Möglichen gehen, daß dem Geiste zum Erstarken und zum Wirken Zeit gegeben bleibe!*[95]

Im Jahr 1952 wurde Schweitzer zudem in die *Académie des Sciences Morales et Politiques* gewählt und 1955 *in absentia* als Ehrenmitglied in die *American Academy of Arts and Sciences* aufgenommen.[96]

Mit mittlerweile fast achtzig Jahren begann er, sich gegen die Gefahren des Atomzeitalters zu Wort zu melden. Seine Haltung war, dass es im Fall eines Atomkrieges keine Gewinner gäbe. Alle würden durch die willkürliche, umfassende Zerstörung von Leben verlieren.

Im Herbst 1956 kam Helene ein letztes Mal zu ihrem Mann nach Afrika. Sie blieb bis zum Mai 1957 dort, als ihr schlechter Gesundheitszustand sie zwang, zurück in die Schweiz zu gehen. Sie starb am 1. Juni 1957. Albert kam drei Wochen später per Schiff und blieb bis zum Ende des Jahres in der Schweiz. Bei seiner Rückkehr nach Afrika nahm er ihre Asche mit und begrub sie unter einem kleinen Kreuz, das er geschnitzt hatte. Das Kreuz stand draußen vor seinem Fenster. Daneben markierte ein zweites Kreuz das Grab der hingebungsvollen Krankenschwester Mademoiselle Emma Haußknecht, die im Jahr zuvor in Lambarene gestorben war.

Der Tod vieler seiner Freunde und Lieben brachte Albert Schweitzer die Erkenntnis, dass auch für ihn die Zeit des Abschieds kommen würde. Doch er weigerte sich, sich von der Aussicht auf den Tod einschüchtern zu lassen. Er sagte:

> *Das Vertrautsein mit dem Gedanken des Todes wirkt allein auch die wahre, innere Freiheit von den Dingen. Der Ehrgeiz, die Erwerbssucht, die Herrschsucht, die wir in uns tragen und die uns in dieses Leben hineinverstricken mit Sklavenfesseln, vermögen den Menschen, der dem Tod ins Antlitz schaut, auf die Dauer nicht zu betören, sondern er fühlt, wie der Gedanke des Endes nach und nach eine Läuterung bewirkt, die ihn von dem schlechteren Ich in sich selbst, von den Dingen und Menschen frei macht, ihn auch frei macht von Menschenfurcht und Menschenhaß.*[97]

Im Jahr 1958 unternahm Albert Schweitzer eine Reise nach Europa. Er löste den Haushalt in der Schweiz auf und brachte seine Habseligkeiten ins Pfarrhaus seines Vaters nach Günsbach zurück, wo er aufgewachsen war. Voller Liebe erinnerte er sich an die Predigten seines Vaters, die einen großen Eindruck in seinem

Leben hinterlassen hatten. Albert Schweitzer wusste, dass die Predigten seines Vaters nicht nur Worte, sondern ein guter Teil von dessen eigenem Leben und seinen Erfahrungen waren: Immer wieder hatte er seiner Gemeinde sein Herz und Leben geöffnet. Als Kind waren Alberts liebste Gottesdienste jedoch die am Sonntagnachmittag gewesen. Am ersten Sonntag jedes Monats sprach sein Vater vom Leben und Wirken der Missionare und schuf in Alberts Herz schon in jungen Jahren eine Bewunderung für diese Menschen und ein Interesse an Missionsarbeit. Albert erinnerte sich an die vielen Sonntage, an denen sein Vater aus den Lebenserinnerungen von Herrn Casalis, einem Missionar in Südafrika, vorgelesen hatte. Sein Vater hatte sie ins Französische übersetzt, um sie seiner Gemeinde vorlesen zu können.[98]

Während jener Reise nach Europa hielt er drei Vorträge, später erschienen unter dem Titel »Friede oder Atomkrieg«, die Anfang 1958 dreimal von Radio Oslo (Norwegen) ausgestrahlt wurden:

Das Bewußtsein, daß wir miteinander Menschen sind, ist uns in Kriegen und Politik abhanden gekommen. Wir kamen dazu, miteinander nur noch als Angehörige verbündeter oder gegnerischer Völker zu verkehren und in den sich daraus ergebenden Ansichten, Vorurteilen, Zuneigungen und Abneigungen gefangen zu bleiben.[99] *…*

In dieser Zeit, wo Gewalttätigkeit in Lüge gekleidet so unheimlich wie noch nie auf dem Throne der Welt sitzt, bleibe ich dennoch überzeugt, daß Wahrheit, Liebe, Friedfertigkeit, Sanftmut und Gütigkeit die Gewalt sind, die über aller Gewalt ist.[100] *…*

Nur in dem Maße, als durch den Geist eine Gesinnung des Friedens in den Völkern aufkommt, können die für die Erhaltung des Friedens geschaffenen Institutionen leisten, was von ihnen verlangt und erhofft wird.[101]

Während seines Aufenthalts in Europa wurde er 1959 mit dem mit 10 000 dänischen Kronen dotierten Sonning-Preis und mit dem Joseph-Lemaire-Preis ausgezeichnet. Im gleichen Jahr noch kehrte Albert Schweitzer nach Afrika zurück; er sollte Europa nie wiedersehen. Einmal hörte man ihn sagen, die Afrikaner seien sein Volk und sie würden es nicht verstehen, wenn er fortginge und auf »fremdem« Boden stürbe.[102]

Bei seiner Rückkehr schrieb Schweitzer an seine Tochter und fragte sie, ob sie Interesse habe, nach Lambarene zu kommen, um ihren gemeinsamen Geburtstag zusammen zu feiern. Sie stimmte zu, und so begann eine neue Phase in ihrem Leben. Rhena genoss ihren Aufenthalt in Lambarene so sehr, dass sie sich schwor, zurückzukehren und ihre Kraft für die Menschen von Gabun einzusetzen, so wie ihr Vater es getan hatte.

Sobald alle ihre Kinder die Schule besuchten, machte sie eine Ausbildung als Labortechnikerin und reiste oft nach Lambarene, um ihrem Vater ihre Unterstützung anzubieten, die er sehr gern annahm.

1965 war Albert Schweitzers letztes Jahr auf dieser Erde. Obwohl seine Zeit knapp war, galt die tiefste Sorge seines Herzens noch immer den Menschen der Welt, besonders denen, die zur »Brüderschaft der vom Schmerz Gezeichneten«[103] gehörten.

Im April unterhielt er sich mit einem Arztkollegen, Joseph Franklin Montague, der später ein Buch mit dem Titel *The Why of Albert Schweitzer* schrieb. Darin erinnert sich Montague an Schweitzers Worte:

> *Ich hatte das Vorrecht, für zahllose Mitmenschen Arzt zu sein – für die, die Schreckliches litten, während sie auf der Suche nach Hilfe in der Stunde ihrer großen Not Urwaldpfade entlangkrochen oder ihre Pirogen über den Fluss ruderten. Es gibt jedes Mal ein inneres Leuchten, eine tiefe Zufriedenheit, wenn ich ein Nachlassen des Schmerzes bringen, wenn ich sterbende Hoffnung*

in konkrete Hilfe verwandeln und eine müde oder kranke Person wiederbeleben darf.

Seit ich zu praktizieren begann bis zum heutigen Tag gab es zahllose Fortschritte im medizinischen Bereich. Die Ärzte heute erleben den Segen, vieles in ihrem medizinischen Vorrat zu haben, mit dem sie Schmerzen lindern und die Leiden der Kranken heilen können. Doch inmitten dieser wunderbaren Entdeckungen macht es mich traurig zu sehen, dass die Ärzte immer weniger Einfühlungsvermögen für ihre Patienten haben. Der Patient ist doch nicht einfach ein Fall, sondern ein Mitmensch; und ich habe den gleichen Mangel an Achtung bei Patienten ihren Ärzten gegenüber beobachtet. Darüber hinaus – wie viele noch nicht geborene Generationen werden unter dem gegenwärtigen Wetteifern um nukleares Potenzial leiden?[104]

Obwohl er unter schwerer Erschöpfung litt, vertraute Albert Schweitzer einige Monate später seiner Tochter an, dass er vielleicht einen letzten Appell für Frieden verfassen könnte: »Vielleicht sollte ich noch einen weltweiten Radioaufruf starten, so wie in Oslo. Wenn ich nur die Zeit habe und nicht zu müde bin, … werde ich noch einen Versuch unternehmen.«[105]

Kapitel 10

Unser guter Hirte

Alles [wird], je mehr man es erforscht, um so geheimnisvoller.[106]

Albert Schweitzer

4. September 1965

Mit seinen neunzig Jahren litt Albert Schweitzer in den heißen Sommermonaten unter extremer Müdigkeit. Trotzdem verspürte er am 12. August eine ungewohnte Energie, als er die Gesänge der Ruderer hörte, die die Ankunft von Freunden ankündigten. Albert Schweitzer ging zur Anlegestelle, um die kleine Gruppe aus der Schweiz und dem Elsass zu begrüßen.

Die Mitglieder des Hilfsvereins für das Albert-Schweitzer-Spital hatten die Verantwortung dafür übernommen, das Krankenhaus weiterzuführen, wenn Dr. Schweitzer es nicht mehr konnte.

Der 23. August war der letzte Tag, an dem der Doktor beim Abendessen seinen üblichen Platz an der Tafel einnahm. Anschließend las er, der gewohnten Tradition folgend, aus der Bibel vor und spielte ein Lied. Allerdings gab es heute nicht die übliche Diskussion über den Bibeltext, sondern als Dr. Schweitzer an seinen Platz zurückkehrte, sagte er: »Ich möchte gern mit euch darüber sprechen, was ich für die Weiterführung des Krankenhauses erhoffe und erbitte, wenn ich gestorben bin.«[107]

Fritz Dinner war beeindruckt von der ruhigen, aber klaren Art und Weise, in der Dr. Schweitzer seine Anweisungen vortrug. Dinner war ein Mitglied des Hilfsvereins für das Albert-Schweitzer-Spital und war am 12. August eingetroffen. Nach der kurzen Diskussion wurde die Müdigkeit zu groß und der alte Doktor zog sich in sein Zimmer zurück.

Einige Tage nach der abendlichen Diskussion bat Albert Schweitzer darum, im Geländewagen des Krankenhauses über das Anwesen gefahren zu werden. Fritz Dinner kommentierte diese Situation so: »Man konnte sehen, dass seine Augen über das Krankenhaus und dessen Gebäude wanderten, so als würde er sie in sich aufnehmen, wie den letzten Blick auf sein Lebenswerk, oder – wer weiß – als ob er sich verabschiedete.«[108]

Die nächste Woche verbrachte Albert Schweitzer im Bett, umsorgt von seiner Tochter und dem Personal – den Menschen, deren Leben ohne sein Vorbild der Hingabe und Barmherzigkeit wohl einen ganz anderen Verlauf genommen hätte.

Als seine Tochter am 23. August an seinem Bett saß, sagte er mit müder Stimme zu ihr: »Rhena, ich sehe, dass du die Menschen hier liebst.«

»Ja, Vater, so wie du sie von ganzem Herzen geliebt hast.« Sie nahm seine Hand in ihre.

»Wirst du als Verwalterin bleiben? Sie brauchen jemanden mit einem starken Geist, einem scharfen Verstand und einem weichen Herzen.« Seine Stimme war sanft, fast flehend.

»Ich werde bleiben. Die Arbeit wird weitergehen. Mach dir keine Sorgen. Wir werden die Erinnerung nicht vergehen lassen.«

Seine Augenlider schlossen sich einen Moment, und Rhena dachte, er sei eingeschlafen, als sie noch einmal aufflatterten. »Es ist noch so viel Arbeit zu tun.«

Am 4. September 1965 um 23.30 Uhr schied Albert Schweitzer leise aus dem Leben, an dem er so viele Jahre so hartnäckig festgehalten hatte – nicht um seinetwillen, sondern um derer willen, die in Not waren.

Joseph Franklin Montague schrieb, wenn man eine Liste über Albert Schweitzers Besitz am Ende seines Lebens aufstellen wollte, würde darauf stehen:

Ein Tropenhelm
Ein alter Filzhut (verschmutzt)
Sechs kurzärmelige weiße Hemden
Eine Fliege (konfektioniert)
Sechs weiße Hosen
Ein Paar Schuhe, Socken und Unterwäsche
Ein altmodisches Rasiermesser
Und das Wohlwollen von mehr als der halben Welt![109]

Viele, die Albert Schweitzer in seinem Leben gekannt hatten, schrieben nach seinem Tod über ihn und zeichneten ein klares

Bild von einem Mann, dessen Ethik, Einfühlungsvermögen und Hingabe ihn vom Durchschnittsmenschen abhoben. Albert Einstein, der vor Schweitzer starb, sagte einmal über ihn: »Hier in dieser jämmerlichen Welt ist ein *Mensch*!«[110] Einstein schrieb:

> *Ich habe nur selten einen einzelnen Menschen persönlich gekannt, in dem Güte und das Bedürfnis nach Schönheit in einem solchen Maß vereint sind wie bei Albert Schweitzer ...*
>
> *Überall mied er steife Traditionen. Er kämpft dagegen an, wo er sie findet, und hofft das Beste für den Einzelnen ...*
>
> *Er predigte nicht und warnte nicht und träumte nicht davon, dass sein Vorbild für unzählige Menschen zu einem Ideal und Trost werden würde. Er handelte einfach aus innerlicher Notwendigkeit heraus.*[111]

In ihrer englischsprachigen Biografie über Albert Schweitzer merken die Autoren Marshall und Poling an, dass Albert Schweitzer ein Mensch war,

> *»der zwischen zwei Ländern und später zwischen zwei Kontinenten hin- und hergerissen war, der am Ende über die geografischen Einschränkungen hinauswuchs und zum Weltbürger wurde ... Er weigerte sich, sich von Nationalismus oder einer engstirnigen Loyalität festlegen zu lassen. Seine Hingabe galt der ganzen Menschheit und einer universellen Kultur und Ethik, die er sich für die ganze Welt wünschte«*[112].

Als Albert Schweitzer einmal gefragt wurde, was die größten Erfolge in seinem Leben gewesen seien und als was er bezeichnet werden wolle, antwortete er so, wie er seine eigene Arbeit wahrnahm: »Als Philosoph.«

»Aber was ist mit Ihrer Musik?«

Mit seinem für ihn typischen Lächeln antwortete er: »Das ist mein Hobby.«[113]

Noch Monate nach dem Tod von *Le Grand Docteur* stiegen Einzelne sonntagnachmittags von der Anlegestelle aus den Hügel hinauf und gingen zu seinem Grab. Leuchtende Kerzen markierten ihren Pilgerweg. An seinem Grab standen Gruppen von bis zu einhundert Menschen und lasen Verse aus der Bibel, beteten und sprachen miteinander. Manche legten Blumensträuße nieder. Andere beschenkten das Krankenhauspersonal; es waren Geschenke aus tiefstem Herzen. Wenn es Abend wurde, zogen sie den Hügel hinauf, legten Stammesmasken an und tanzten zum dumpfen Rhythmus der Dorftrommeln.

»Was sagen sie?«, fragte eines Tages ein Freiwilliger im Krankenhaus.

Ein älterer Afrikaner übersetzte die Worte, die aus dem tiefsten Herzen eines jeden Menschen gesprochen wurden, der von dem Dienst eines einzelnen, gewöhnlichen und gleichzeitig doch so ungewöhnlichen Mannes berührt worden war: »Wir danken Gott, dass er uns Dr. Schweitzer geschickt hat und dass er unser guter Hirte war, der sein Leben für uns gab, bei uns blieb, in unserer Erde und unter unseren Palmen begraben wurde.«[114]

Und irgendwo, jenseits der fernen Sterne und doch näher als der stille Hauch des Windes, ruhte eine Seele, deren Leben ihr größtes Zeugnis war, in ewigem Frieden und genoss die unvergleichliche Freude ihres Herrn.

Nachwort

Wenn nur der Gedanke der Ehrfurcht vor dem Leben und der wahre Geist des Christentums sich in eine große Philosophie zusammenfassen ließen, in eine so einfache Ethik, dass jeder sie verstehen kann … Daraus könnte eine ganz neue Haltung geboren werden, und mein Lebenswerk wäre nicht umsonst gewesen. Dann könnte diese Welt ein besserer Ort zum Leben werden.[115]

Albert Schweitzer

Ein Leben, das Kreise zieht

In *Aus meiner Kindheit und Jugendzeit* schrieb Albert Schweitzer von der oft unerkannten Wirkung, die ein Mensch auf einen anderen hat:

> *... So viele Menschen [gaben] mir etwas oder [waren] etwas, ohne daß sie es wussten ...*
>
> *Vieles, was an Sanftmut, Gütigkeit, Kraft zum Verzeihen, Wahrhaftigkeit, Treue, Ergebung in Leid unser geworden ist, verdanken wir Menschen, an denen wir solches erlebt haben ... Ein Leben gewordener Gedanke sprang wie ein Funke in uns hinein und zündete.*
>
> *... Manchmal auch will unser Licht erlöschen und wird durch ein Erlebnis an einem Menschen wieder neu entfacht. So hat jeder von uns in tiefem Danke derer zu gedenken, die Flammen in ihm entzündet haben ...*
>
> *So weiß auch keiner von uns, was er wirkt und was er Menschen gibt. Es ist für uns verborgen und soll es bleiben. Manchmal dürfen wir ein klein wenig davon sehen, um nicht mutlos zu werden. Das Wirken der Kraft ist geheimnisvoll.*[116]

Es ist in der Tat geheimnisvoll. Wenn man die bleibenden Auswirkungen von Albert Schweitzers Leben und Zeugnis auf diese Welt korrekt dokumentieren wollte, könnte man genauso gut versuchen, das Leben eines Wassertropfens durch seine Aggregatzustände als Wasser, Wasserdampf und Eis zu verfolgen und seine Auswirkungen in der Natur festzustellen.

Da sind die Tausende, die in den zweiundfünfzig Jahren von Dr. Schweitzers Arbeit in Lambarene von ihm behandelt wurden und Hilfe und Heilung fanden.

Da sind die Millionen, die von seinem Leben und seiner Arbeit gelesen und gehört haben. Keiner von ihnen blieb völlig unberührt von diesem einzelnen Stein, der in den See der Menschheit geworfen wurde und Kreise in ihrer kollektiven Seele zog. »Es gibt keine Grenzen für das, was ein engagierter Mensch im Leben von Notleidenden bewirken kann.«

Wie weit gingen die Kreise, die sein Leben gezogen hat? Über die Seele hinaus? Gewiss. Über Grenzen hinaus? Auf jeden Fall. Über Felsbrocken hinaus? Ganz eindeutig, wie es im Blog »Beyond Boulders« der *Albert Schweitzer Fellowship* (ASF) heißt:

> *In seiner Autobiografie »Aus meinem Leben und Denken« beschrieb der Nobelpreisträger (und Namenspatron der ASF) Dr. Albert Schweitzer die notwendigen Hindernisse und Herausforderungen, die wir alle als »Steine« aus dem Weg räumen müssen. Er schrieb: »Wer sich vornimmt, Gutes zu wirken, darf nicht erwarten, daß die Menschen ihm deswegen Steine aus dem Weg räumen, sondern muß auf das Schicksalhafte gefasst sein, daß sie ihm welche daraufrollen. Nur die Kraft, die in dem Erleben dieser Widerstände innerlich lauterer und stärker wird, kann sie überwinden.«*[117]
>
> *Im Rahmen der ASF fördern wir Schweitzer-Stipendiaten im Entdecken und Entwickeln jener Stärke, indem sie einjährige Projekte entwerfen und durchführen, mit denen bisher unversorgte Gesundheitsprobleme angegangen werden. Dabei sollen sie sich zu lebenslangen Leitern im Dienst entwickeln. Dieser Blog dokumentiert, wie sie die Felsbrocken überwinden, auf die sie stoßen.*[118]

An diesem Blog ist deutlich abzulesen, dass Albert Schweitzers Leben noch immer Kreise zieht. Die *Albert Schweitzer Fellowship* erklärt, ihre Mission ist es, »›Leiter im Dienst‹ auszubilden: Personen, die ihr Engagement und ihre Fähigkeiten einsetzen, um unterversorgten Gruppen eine Gesundheitsversorgung zu bieten, und deren Vorbild andere beeinflusst und inspiriert«[119].

Ein Beispiel für die Arbeit von ASF ist das folgende Programm im Albert-Schweitzer-Krankenhaus:

> *Im Jahr 1999 trug die Albert Schweitzer Fellowship dazu bei, das Community Health Program [Öffentliches Gesundheitsprogramm] zu gründen, das eine in den jeweiligen Dörfern angesiedelte umfassende Gesundheitsversorgung, Impfungen und gesundheitliche Aufklärung anbietet. Mit aktiver Unterstützung des Gesundheitsministeriums, UNICEFs und des US-Friedenskorps dient dieses Programm als nationales Modell. Aktuell wird eine Ausweitung des Programms auf Präventions- und Therapiemaßnahmen für HIV/AIDS, Tuberkulose und andere Krankheiten angestrebt.*[120]

Und was ist mit dem Schweitzer-Krankenhaus? Ist es in den Hintergrund getreten und wieder im schwülen Urwald von Westgabun verschwunden? Mitnichten. Es wird immer noch von Schweitzer-Organisationen weltweit unterstützt, ebenso wie von der Regierung von Gabun. Das Krankenhaus hat immer noch eine heimelige Dorfatmosphäre, hält aber dennoch Schritt mit den sich ständig weiterentwickelnden Erfordernissen einer sich verändernden Welt:

> *Heute bietet eine internationale Belegschaft aus gabunischen und ausländischen Fachkräften kompetente Pflege für jährlich mehr als 35 000 ambulante Patienten und mehr als 6 000 stationäre Patienten aus allen Teilen Gabuns. Zwei Chirurgen und ihre Teams führen jedes Jahr knapp 2 200 Operationen durch. Die meisten der 160 Mitarbeiter leben auf dem Krankenhausgelände, was dem Krankenhaus die Atmosphäre eines Dorfes verleiht.*
>
> *Durch die Unterstützung der gabunischen Regierung und Schweitzer-Organisationen auf der ganzen Welt finden Patienten dort heute eine moderne medizinische Einrichtung mit zwei*

Operationssälen, einer Zahnklinik und Stationen für Kinder, Erwachsene, chirurgische Patienten und Geburtshilfe vor.

Das amerikanische National Institute of Health hat das Forschungslabor des Krankenhauses als eine der fünf führenden Einrichtungen in Afrika anerkannt, die wissenschaftliche Studien über Malaria durchführen.

Malaria ist auf dem afrikanischen Kontinent die häufigste Todesursache, mit über einer Million Toten pro Jahr. Kinder mit schwerer Malaria haben im Schweitzer-Krankenhaus die niedrigste dokumentierte Sterblichkeitsquote auf dem ganzen Kontinent …

Im Jahr 2008 initiierte das Albert-Schweitzer-Krankenhaus einen strategischen Planungsprozess, um das Wachstum über die nächsten drei bis fünf Jahre bis zum 100-jährigen Jubiläum des Krankenhauses im Jahr 2013 zu steuern. Dieses »Lambarene Jahrhundertprojekt« zielt darauf ab, klinische und öffentliche Gesundheitsprogramme zu HIV/AIDS, Tuberkulose, Malaria und für die Gesundheit von Müttern und ihren Kindern zu stärken. Damit ist das Schweitzer-Krankenhaus ein Modellprojekt für integrierte klinische und dörfliche Gesundheitsprogramme im ländlichen Afrika und Ausbildungsstätte für medizinisches Personal in der gesamten Region.[121]

Von diesem einen Stein aus – einem einzelnen Menschen, der vor einem Jahrhundert bereit war, sich an den Ufern eines unbekannten Dorfes niederzulassen – werden sich immer weitere Kreise ziehen und die Ufer der Menschheit berühren.

Montague schrieb über Schweitzer:

»Als geistige Kraft lebt er immer noch weiter. Das Vorbild seines großen Charakters, die Inhalte seiner Philosophie und die Auswirkungen seiner guten Arbeit üben in der Welt der denkenden Menschen weiterhin ihren wertvollen Einfluss aus. So wird es auch bleiben, solange Aufrichtigkeit, redliche Absichten und

Mut, sich der Realität zu stellen, im menschlichen Verstand existieren.«[122]

Albert Schweitzer begriff die Bedeutung des Dienens, das bleibende Vermächtnis der Liebe und die Kraft eines vor zweitausend Jahren gegebenen Versprechens: »Wer mir nachfolgen will, der verleugne sich selbst und nehme sein Kreuz auf sich und folge mir nach. Denn wer sein Leben erhalten will, der wird's verlieren; und wer sein Leben verliert um meinetwillen und um des Evangeliums willen, der wird's erhalten« (Markus 8,34-35).

Dank

Ich danke Bonita Jewel für ihre Hilfe bei diesem Manuskript.
Ohne ihre unermüdliche Arbeit, ihren Enthusiasmus und ihre erstaunlichen Talente wäre dieses Buch nicht möglich gewesen.

Anhang

Zitate von Albert Schweitzer

Dankbarkeit

So müssen wir alle uns anhalten, unmittelbar zu sein und die unausgesprochene Dankbarkeit zur ausgesprochenen werden zu lassen. Dann gibt es in der Welt mehr Sonne und mehr Kraft zum Guten. … Es flutet viel Wasser unter dem Erdboden, das nicht als Quelle herausbricht. Dessen dürfen wir uns getrösten. Selber aber sollen wir Wasser sein, das den Weg findet, Quelle zu werden, an der Menschen den Durst nach Dankbarkeit stillen können.[123]

Die Verbundenheit alles Lebens

Je tiefer wir in die Natur schauen, desto mehr erkennen wir, daß sie voller Leben steckt, und desto gründlicher wird uns klar, daß alles Leben ein Geheimnis ist und daß wir mit allem Leben verbunden sind. Der Mensch kann nicht länger sein Leben für sich allein leben. Wir werden uns bewußt, daß alles Leben wertvoll ist und daß wir mit all diesem Leben verbunden sind. Aus dieser Erkenntnis erwächst unsere geistige Verbindung mit der Welt.[124]

Ehrfurcht vor dem Leben

Die fundamentale Tatsache des Bewusstseins des Menschen lautet: »Ich bin Leben, das leben will, inmitten von Leben, das leben will.« Der denkend gewordene Mensch erlebt die Nötigung, allem Willen zum Leben die gleiche Ehrfurcht vor dem Leben entgegenzubringen, wie dem seinen. Er erlebt das andere Leben in dem seinen. Als gut gilt ihm, Leben erhalten, Leben fördern, entwickelbares Leben auf seinen höchsten Wert bringen. Als böse: Leben vernichten, Leben schädigen, entwickelbares Leben niederhalten. Dies ist das denknotwendige, universelle, absolute Grundprinzip des Ethischen.[125]

Die Ehrfurcht vor dem Leben, zu der wir Menschen gelangen müssen, begreift also alles in sich, was als Liebe, Hingebung, Mitleiden, Mitfreude, Mitstreben in Betracht kommen kann.[126]

Wissen

Die höchste Erkenntnis ist, dass alles, was uns umgibt, Geheimnis ist.[127]

Jesus als Herr

Das Christentum ist Christusmystik, das heißt, gedanklich begriffene und im Erleben verwirklichte Zusammengehörigkeit mit Christo als unserem Herrn. Indem Paulus Jesum kurzweg als unseren Herrn bezeichnet, erhebt er ihn über alle zeitlich gegebenen Vorstellungen hinaus, in denen das Geheimnis seiner Persönlichkeit begriffen werden kann, und stellt ihn als das alles menschliches

Definieren überragende geistige Wesen hin, an das wir uns hinzugeben haben, um in ihm die wahre Bestimmtheit unseres Daseins und unseres Wesens zu erleben.[128]

Religion erklärt nicht alles

Wenn Sie das Evangelium verkündigen, hüten Sie sich, es als die Religion zu predigen, die alles erklärt. Es wird bei Ihnen in England sein wie bei uns auf dem Festland, dass nämlich die Menschen zu Tausenden und Tausenden an dem Christentum irre geworden sind, weil sie die Greuel des Krieges gesehen und erlebt haben. Vor diesem Unerklärlichen ist die Religion, in der sie Erklärung für alles zu besitzen glaubten, zusammengebrochen.

Zehn Jahre lang habe ich, vor meinem Weggang nach Afrika, den Knaben der Kirche zu St. Nikolai in Straßburg Konfirmandenunterricht erteilt. Nach dem Kriege kamen welche zu mir und dankten mir, dass ich sie so bestimmt gelehrt hätte, dass Religion nicht etwas sei, das alles erkläre. Dadurch seien sie davor bewahrt worden, im Schützengraben, wie so viele, die auf das Unerklärliche nicht vorbereitet waren, das Christentum von sich zu werfen.[129]

Einheit mit Gott

Wenn Sie predigen, führen Sie die Menschen aus dem Alles-erkennen-Wollen zu dem einen, was not tut, zu dem Wollen des Seins in Gott, durch das wir anders werden als die Welt und, als aus der Welt Erlöste, über allen Rätseln stehen.

Zeigen Sie ihnen die Worte: »Wenn ich nur dich habe, so frage ich nichts nach Himmel und Erde« und »Denen, die Gott lieben, müssen alle Dinge zum Besten dienen«, als die Spitzen des Ararat, auf den sie flüchten können, wenn die Flut des Unbegreiflichen alles überschwemmt.[130]

Gottes Liebe spricht zu uns in unseren Herzen und versucht, durch uns in der Welt zu wirken. Wir müssen auf diese Stimme hören. Wir müssen auf sie wie auf eine reine und ferne Melodie hören, die durch das Getriebe der Welt zu uns kommt. Einige sagen: »Wenn wir erwachsen sind, dann wollen wir zuhören, aber jetzt, da wir jung sind, wollen wir lieber an andere Dinge denken.« Aber die Stimme der Liebe, mit der Gott in den Tiefen unseres Herzens zu uns spricht, sie spricht zu uns, wenn wir jung sind, so daß unsere Jugend wirklich Jugend sein kann und daß wir die Kinder Gottes werden mögen. Glücklich sind diejenigen, die hören.[131]

Die kleine Aufgabe

Man halte immer die Augen offen für die kleine Aufgabe, denn es ist die kleine Aufgabe, die Jesus Christus wichtig ist. Die Zukunft von Gottes Reich hängt nicht vom Enthusiasmus dieser oder jener mächtigen Person ab; diese Großen sind auch nötig, aber es ist ebenso notwendig, viele kleine Leute zu haben, die im Dienst Christi etwas Kleines tun.

Die großen Ströme machen nur einen kleinen Teil des ganzen Wassers aus, das nötig ist, um die Erde zu nähren und zu erhalten. Neben dem strömenden Fluss gibt es noch das Wasser in der Erde – das unterirdische Wasser –, und es gibt die kleinen Flüsse, die immerzu in den großen Strom fließen und ihn speisen und verhindern, dass er in der Erde versinkt. Ohne dieses andere Wasser – das stille, unterirdische Wasser und die tröpfelnden Flüsschen – könnte der große Strom nicht mehr fließen. So ist es auch mit den kleinen Aufgaben, die von uns allen getan werden müssen.[132]

Bibliografie

1. Autobiografisches

Afrikanische Geschichten. Leipzig: Felix Meiner Verlag, 1955.
Afrikanische Jagdgeschichten. Leipzig: Felix Meiner Verlag, 1937.
Aus meinem Leben und Denken. Frankfurt/M.: Fischer-Taschenbuch-Verlag, ^{8}2011.
Aus meiner Kindheit und Jugendzeit. München: C.H. Beck, 2006.
Das Spital im Urwald. München: C.H. Beck, 1948.
Zwischen Wasser und Urwald. München: C.H. Beck, 2008.

2. Briefwechsel

Albert Schweitzer – Helene Bresslau. Die Jahre vor Lambarene. Briefe 1902–1912. Hrsg. von Rhena Schweitzer-Miller und Gustav Woytt. München: C.H. Beck, 1992.
Albert Schweitzer. Leben, Werk und Denken 1905–1965. Mitgeteilt in seinen Briefen. Hrsg. von Hans Walter Bähr. Heidelberg: Verlag Lambert Schneider, 1987.
Briefe aus Lambarene. 1924–1927. München: C.H. Beck, 2009.
Existenzphilosophie und Christentum. Albert Schweitzer – Fritz Buri. Briefe 1935–1964. Eingeleitet, kommentiert und herausgegeben von Andreas Urs Sommer. München: C.H. Beck, 2000.
Theologischer und philosophischer Briefwechsel 1900–1965. Werke aus dem Nachlaß. Hrsg. von Werner Zager, in Verbindung mit Erich Gräßer, unter Mitarbeit von Markus Aellig, Clemens Frey, Roland Wolf und Dorothea Zager. München: C.H. Beck, 2006.

3. Biografisches

Die Welt Albert Schweitzers. Hrsg. von Erica Anderson. Berlin/Frankfurt/M.: S. Fischer Verlag, 1955.

Claus Günzler. *Albert Schweitzer. Einführung in sein Denken.* München: C.H. Beck, 1996.

Nils Ole Oermann. *Albert Schweitzer 1875–1965. Eine Biographie.* München: C.H. Beck, 2009.

Harald Steffahn. *Albert Schweitzer.* Hamburg: Rowohlt Taschenbuch, 1979.

4. Religion und Theologie

Das Abendmahl im Zusammenhang mit dem Leben Jesu und der Geschichte des Urchristentums. Bd. 1. Das Abendmahlsproblem auf Grund der wissenschaftlichen Forschung des 19. Jahrhunderts und der historischen Berichte. Bd. 2: *Das Messianitäts- und Leidensgeheimnis.* Hildesheim: Olms, 1983 (Nachdruck der Ausgabe Tübingen 1901).

Das Christentum und die Weltreligionen. München: Beck, ^{4}2001.

Die Mystik des Apostels Paulus. Tübingen: Mohr, 1930/1981.

Geschichte der Leben-Jesu-Forschung. Tübingen: Mohr, ^{9}2009.

Geschichte der Paulinischen Forschung von der Reformation bis auf die Gegenwart. Hildesheim: Olms, 2004 (Nachdruck der Ausgabe Tübingen 1911).

Gespräche über das Neue Testament. München: C.H. Beck, ^{2}1994.

Kultur und Ethik in den Weltreligionen. Werke aus dem Nachlaß. Herausgegeben von Ulrich H. J. Koertner und Johann Zürcher. München: C.H. Beck, 2001.

Predigten 1898–1948. Werke aus dem Nachlaß. Herausgegeben von Richard Brüllmann und Erich Gräßer. München: C.H. Beck, 2001.

Reich Gottes und Christentum. Werke aus dem Nachlaß. Herausgegeben von Ulrich Luz, Ulrich Neuenschwander und Johann Zürcher. München: C.H. Beck, 1995.
Straßburger Predigten. München: C.H. Beck, ^{3}1993.

5. Philosophie und Ethik

Das Problem des Friedens in der heutigen Welt. München: C.H. Beck, 1955.
Die Ehrfurcht vor dem Leben. Grundtexte aus fünf Jahrzehnten. München: C.H. Beck, ^{9}2008.
Die Religionsphilosophie Kants von der »Kritik der reinen Vernunft« bis zur »Religion innerhalb der Grenzen der bloßen Vernunft«. Hildesheim: Olms, 2004 (Nachdruck der Ausgabe Tübingen 1899).
Die Weltanschauung der Ehrfurcht vor dem Leben. Kulturphilosophie III. Erster und zweiter Teil. Werke aus dem Nachlaß. Herausgegeben von Claus Günzler und Johann Zürcher. München: C.H. Beck, 1999.
Die Weltanschauung der Ehrfurcht vor dem Leben. Kulturphilosophie III. Dritter und vierter Teil. Werke aus dem Nachlaß. Herausgegeben von Claus Günzler und Johann Zürcher. München: C.H. Beck, 2000.
Die Weltanschauung der indischen Denker. Mystik und Ethik. 2., überarbeitete Auflage. München: C.H. Beck, 2010.
Ehrfurcht vor den Tieren. 2., durchgesehene Auflage. München: C. H. Beck, 2011.
Friede oder Atomkrieg. Vier Schriften. München: C.H. Beck, ^{3}1984.
Geschichte des chinesischen Denkens. Werke aus dem Nachlaß. Herausgegeben von Bernard Kaempf und Johann Zürcher. Mit einem Nachwort von Heiner Roetz. München: C.H. Beck, 2002.
Kulturphilosophie. Bd. 1: Verfall und Wiederaufbau der Kultur. München: C.H. Beck, ^{2}2007.

Kulturphilosophie. Bd. 2: Kultur und Ethik. München: C.H. Beck, [2]2007.
Wir Epigonen. Kultur und Kulturstaat. Werke aus dem Nachlaß. Herausgegeben von Ulrich H. J. Koertner und Johann Zürcher. München: C.H. Beck, 2005.

6. Musik

Deutsche und französische Orgelbaukunst und Orgelkunst. Wiesbaden: Breitkopf und Härtel, 2002.
Johann Sebastian Bach. Wiesbaden: Breitkopf und Härtel, 1972.
J. S. Bachs Präludien und Fugen für Orgel. Kritische Ausgabe mit praktischen Angaben über die Wiedergabe dieser Werke. New York: Schirmer, 1911.
Internationales Regulativ für Orgelbau. Wien: Artaria, 1909.
Zur Diskussion über Orgelbau. Berlin: Merseburger, 1977.

7. Weitere Werke

Die psychiatrische Beurteilung Jesu. Darstellung und Kritik. Hildesheim: Olms (Nachdruck der Ausgabe Tübingen 1933).
Ein Pelikan erzählt aus seinem Leben. Hamburg: Richard Meiner Verlag, [3]1955.
Goethe. Vier Reden. München: C.H. Beck, 1950.
Straßburger Vorlesungen. Werke aus dem Nachlaß. Herausgegeben von Erich Gräßer und Johann Zürcher. München: C.H. Beck, 1998.
Vorträge, Vorlesungen, Aufsätze. Werke aus dem Nachlaß. Herausgegeben von Claus Günzler, Ulrich Luz und Johann Zürcher. München: C.H. Beck, 2003.
Weg zur Humanität. Stuttgart: Reclam, 1957

8. Gesammelte Werke

Gesammelte Werke in fünf Bänden. Hrsg. von Rudolf Grabs. München: C.H. Beck, 1974.

- Band 1: Aus meinem Leben und Denken; Aus meiner Kindheit und Jugendzeit; Zwischen Wasser und Urwald; Briefe aus Lambarene 1924–1927.
- Band 2: Verfall und Wiederaufbau der Kultur; Kultur und Ethik; Die Weltanschauung der indischen Denker; Das Christentum und die Weltreligionen.
- Band 3: Geschichte der Leben-Jesu-Forschung.
- Band 4: Die Mystik des Apostels Paulus; Reich Gottes und Christentum.
- Band 5: Aus Afrika; Kulturphilosophie und Ethik; Religion und Theologie; Deutsche und französische Orgelkunst; Goethe-Reden; Ethik und Völkerfrieden.

Das Albert Schweitzer Lesebuch. Hrsg. von Harald Steffahn. München: C.H. Beck, ^{5}2011.

Das Buch der Albert Schweitzer Zitate. Hrsg. von Einhard Weber. München: C.H. Beck, 2013.

Das Krankenhaus heute

Ziele des Albert-Schweitzer-Krankenhauses

- Das Werte-Grundgesetz im Krankenhaus in die Tat umsetzen.
- Das Albert-Schweitzer-Krankenhaus an der Gesundheitspolitik von Gabun und umliegenden Ländern beteiligen.
- Die medizinischen und soziomedizinischen Bedürfnisse mit dem Ziel der Prävention und Behandlung ermitteln; Lösungen im Rahmen einer flexiblen örtlichen Gesundheitsversorgung erarbeiten, um ein Modell für die Gesundheitsversorgung für ganz Afrika zu werden.
- Eine klinische Forschungseinrichtung werden.
- Eine Ausbildungsstätte werden:
    - für gabunisches medizinisches und nicht medizinisches Personal
    - für ausländisches medizinisches und nicht medizinisches Personal
- Gesundheitliche Aufklärung in der Bevölkerung durchführen und die örtlichen öffentlichen Aufklärungsprogramme unterstützen.
- Die Krankenhausanlage und alle Arbeit des Albert-Schweitzer-Krankenhauses verwalten und organisieren, und zwar unter Maßgabe des Schutzes von Ökosystemen nach Albert Schweitzers Vorbild.
- Einen Ort für internationalen Kontakt, Dialog und gegenseitige Bereicherung schaffen, an dem Gedanke und Tat im Bereich der Medizin, Ethik, Philosophie, Kunst, Kultur und Pädagogik zusammenwirken.[133]

Über den Autor

Ken Gire hat bisher mehr als ein Dutzend Bücher geschrieben und zweimal den *Gold Medallion*-Preis gewonnen. Von seiner vierteiligen Reihe »Moments with the Savior« wurden mehr als 250 000 Exemplare verkauft. Als vollzeitlicher Autor und Redner hat Ken Gire bei christlichen Werken wie *Young Life*, *Insight for Living* und *Reflective Living* mitgearbeitet. Gegenwärtig lebt er in Baltimore, Maryland.

Anmerkungen

1 Albert Schweitzer. Geschichte der Leben-Jesu-Forschung © Mohr Siebeck Tübingen
2 Albert Schweitzer. Gesammelte Werke in fünf Bänden. Hrsg. von Rudolf Grabs. München: C.H. Beck, 1974: Bd. 1, Aus meinem Leben und Denken, S. 170.
3 Vgl. George Marshall / David Poling. Schweitzer. A Biography. Garden City, New York: Doubleday, 1971, Vorwort.
4 Vgl. ebd., S. 306f.
5 Vgl. ebd., S. 307.
6 Albert Schweitzer. Kultur und Ethik in den Weltreligionen. Werke aus dem Nachlass im Verlag. München: C.H. Beck, 2001, S. 419.
7 Vgl. Albert Schweitzer. Gesammelte Werke in fünf Bänden. Hrsg. von Rudolf Grabs. München: C.H. Beck, 1974: Bd. 1, Aus meiner Kindheit und Jugendzeit, S. 275–276.
8 Ebd., S. 275.
9 Albert Schweitzer. Gesammelte Werke in fünf Bänden. Hrsg. von Rudolf Grabs. München: C.H. Beck, 1974: Bd. 1, Zwischen Wasser und Urwald. Erlebnisse und Beobachtungen eines Arztes im Urwalde Äquatorialafrikas, S. 319.
10 Schweitzer. Aus meinem Leben und Denken, S. 102.
11 Boot aus einem ausgehöhlten Baumstamm mit auf die Bordwand aufgesetzten Planken (Anm. d. Übers.).
12 Schweitzer. Aus meinem Leben und Denken, S. 75–76.
13 Albert Schweitzer. Gesammelte Werke in fünf Bänden. Hrsg. von Rudolf Grabs. München: C.H. Beck, 1974: Bd. 5, Kulturphilosophie und Ethik, S. 140.
14 Vgl. Schweitzer, Zwischen Wasser und Urwald, S. 350.
15 Vgl. ebd., S. 344.
16 Ebd., S. 347.
17 Ebd., S. 347–348.
18 Ebd., S. 352.
19 Ebd., S. 422.
20 Vgl. Marshall/Poling, Schweitzer. A Biography, S. 115.
21 Schweitzer, Aus meinem Leben und Denken, S. 156.
22 Schweitzer, Kultur und Ethik in den Weltreligionen, S. 419.
23 »Faktorei« bezeichnet die Handelsniederlassung europäischer Kaufleute im Ausland (Anm. d. Übers.).
24 Schweitzer, Aus meinem Leben und Denken, S. 158.
25 Ebd., S. 158–159.

26 Ebd., S. 159.
27 Ebd., S. 160.
28 Vgl. Schweitzer, Zwischen Wasser und Urwald, S. 441.
29 Vgl. ebd., S. 442.
30 Vgl. ebd., S. 440.
31 Vgl. Marshall/Poling, Schweitzer. A Biography, S. 137.
32 Schweitzer, Aus meinem Leben und Denken, S. 169.
33 Ebd., S. 172.
34 Vgl. Marshall/Poling, Schweitzer. A Biography, S. 143.
35 Vgl. Schweitzer, Zwischen Wasser und Urwald, S. 445.
36 Vgl. ebd., S. 446.
37 Ebd., S. 450.
38 Vgl. Schweitzer, Aus meinem Leben und Denken, S. 174.
39 Ebd., S. 176.
40 Ebd., S. 177.
41 Vgl. ebd., S. 179.
42 Albert Schweitzer, Aus meiner Kindheit und Jugendzeit, S. 284.
43 Ebd., S. 284.
44 Ebd., S. 284.
45 Vgl. ebd., S. 285.
46 Vgl. Schweitzer, Aus meinem Leben und Denken, S. 183.
47 Schweitzer, Aus meinem Leben und Denken, S. 106.
48 Schweitzer, Aus meiner Kindheit und Jugendzeit, S. 261.
49 Vgl. Anderson, The Schweitzer Album, S. 20.
50 Schweitzer, Aus meinem Leben und Denken, S. 195–196.
51 Ebd., S. 196.
52 Vgl. ebd., S. 206.
53 Schweitzer, Aus meiner Kindheit und Jugendzeit, S. 311–312.
54 Ebd., S. 312.
55 Ebd., S. 312–313.
56 Schweitzer, Aus meiner Kindheit und Jugendzeit, S. 313.
57 Schweitzer, Zwischen Wasser und Urwald, S. 500.
58 Ebd., S. 500.
59 Vgl. ebd., S. 502.
60 Ebd., S. 503.
61 Ebd., S. 506–507.
62 Vgl. ebd., S. 519–520.
63 Maniok, auch unter dem Namen Kassave bekannt, wächst als Wurzel, die bis zu einem Meter lang und fünfzehn bis zwanzig Zentimeter dick werden kann. Die Wurzel enthält einen milchigen Saft. Eine Maniokart enthält Blausäure, die bei Verzehr tödlich sein kann. Um die Wurzel essbar zu machen, wird sie tagelang in

fließendem Wasser gespült. Danach wird die Wurzel zerstampft und nach dem Gären zu einem dicken dunklen Teig verarbeitet. Anschließend wird der Teig zu Stangen verarbeitet und in Blätter gewickelt, um ihn frisch zu halten.

64 Schweitzer, Zwischen Wasser und Urwald, S. 540.
65 Ebd., S. 540.
66 Vgl. Marshall/Poling, Schweitzer. A Biography, S. 167.
67 Schweitzer, Zwischen Wasser und Urwald, S. 678.
68 Schweitzer, Aus meinem Leben und Denken, S. 251.
69 Albert Schweitzer, Aus meinem Leben und Denken, S. 227.
70 Schweitzer, Aus meinem Leben und Denken, S. 218.
71 Vgl. Joseph Franklin Montague. The Why of Albert Schweitzer. New York: Hawthorn, 1965, S. 9.
72 Albert Schweitzer. Gedenkrede. Gehalten bei der Feier der 100. Wiederkehr von Goethes Todestag in seiner Vaterstadt in Frankfurt a.M. am 22. März 1932. Albert Schweitzer. Gesammelte Werke in fünf Bänden. Hrsg. von Rudolf Grabs. München: C.H. Beck, 1974: Bd. 5, Goethe. Vier Reden, S. 504–507.
73 Vgl. Marshall/Poling. Schweitzer. A Biography, S. 189.
74 Bähr (Hrsg.), *Albert Schweitzer – Leben, Werk und Denken 1905–1965 mitgeteilt in seinen Briefen.* Heidelberg: Lambert Schneider 1987 © WBG Darmstadt.
75 »Vichy-Frankreich« bezeichnet die unbesetzte Zone Frankreichs während des Zweiten Weltkrieges. Der Regierungssitz war in Vichy (Anm. d. Übers.).
76 Mit dem Begriff »Achsenmächte« bezeichnet man Deutschland und seine Bündnispartner zur Zeit des Zweiten Weltkrieges (Anm. d. Übers.).
77 Zu der »Forces Françaises Libres« gehörten französische Truppen, die nach der Niederlage gegen die Deutschen im Jahr 1940 weiter gegen Deutschland, dessen Bündnispartner und Vichy-Frankreich zur Zeit des Zweiten Weltkrieges kämpften und dabei von den Alliierten unterstützt wurden (Anm. d. Übers.).
78 Vgl. Marshall/Poling, Schweitzer. A Biography, S. 213.
79 Bähr (Hrsg.), *Albert Schweitzer – Leben, Werk und Denken 1905–1965 mitgeteilt in seinen Briefen.* Heidelberg: Lambert Schneider 1987 © WBG Darmstadt.
80 Bähr (Hrsg.), *Albert Schweitzer – Leben, Werk und Denken 1905–1965 mitgeteilt in seinen Briefen.* Heidelberg: Lambert Schneider 1987 © WBG Darmstadt.
81 Zitiert nach: Albert Schweitzer. Gesammelte Werke in fünf Bänden. Hrsg. von Rudolf Grabs. München: C.H. Beck, 1974: Bd. 5, Aus Afrika, S. 72.
82 Vgl. Marshall/Poling, Schweitzer. A Biography, S. 218.
83 Albert Schweitzer. Die Lehre von der Ehrfurcht vor dem Leben. Grundtexte aus fünf Jahrzehnten. Im Auftrag des Verfassers herausgegeben von Hans Walter Bähr. München: C.H. Beck, 1966, S. 79.
84 Anderson, The Schweitzer Album, S. 64.
85 Ebd., S. 55.
86 Montague, The Why of Albert Schweitzer, S. 56.

87 Ebd., S. 58.
88 The Animal World of Albert Schweitzer. Hrsg. und übers. v. Charles R. Joy. Boston: Beacon Press, 1950, S. 19 (Einleitung).
89 Albert Schweitzer. Life and Message. Hrsg. von Magnus Ratter. Boston: The Beacon Press, 1950, S. 59.
90 Joy, The Animal World of Albert Schweitzer, S. 21 (Einleitung).
91 Frederick Franck. My Days with Albert Schweitzer. New York: Lyons & Burford, 1959, S. 27.
92 Ebd., S. 31.
93 Vgl. ebd., S. 289.
94 Vgl. Anderson, The Schweitzer Album, S. 114.
95 Albert Schweitzer. Friede oder Atomkrieg. Mit einem Vorwort von Erhard Eppler. München: C.H. Beck, [3]1984, S. 31–32.
96 Vgl. Nils Ole Oermann. Albert Schweitzer 1875–1965. Eine Biographie. München: C.H. Beck, 2009, S. 320.
97 Schweitzer, Straßburger Predigten, S. 80.
98 Vgl. Schweitzer, Aus meinem Leben und Denken, S. 102; Schweitzer, Aus meiner Kindheit und Jugendzeit, S. 288.
99 Albert Schweitzer. Friede oder Atomkrieg. Albert Schweitzer. Gesammelte Werke in fünf Bänden. Hrsg. von Rudolf Grabs. München: C.H. Beck, 1974: Bd. 5, Ethik und Völkerfrieden, S. 608.
100 Schweitzer, Die Lehre von der Ehrfurcht vor dem Leben, S. 80.
101 Albert Schweitzer. Das Problem des Friedens in der heutigen Welt. Rede bei der Entgegennahme des Nobelpreises in Oslo 1954. Albert Schweitzer. Die Lehre von der Ehrfurcht vor dem Leben. Grundtexte aus fünf Jahrzehnten. Im Auftrag des Verfassers herausgegeben von Hans Walter Bähr. München: C.H. Beck, 1966, S. 127.
102 Vgl. Marshall/Poling, Schweitzer. A Biography, S. 277.
103 Schweitzer, Zwischen Wasser und Urwald, S. 474.
104 Montague, The Why of Albert Schweitzer, S. 10.
105 Vgl. Marshall/Poling, Schweitzer. A Biography, S. 305.
106 Schweitzer, Kultur und Ethik in den Weltreligionen, S. 269.
107 Vgl. Marshall/Poling, Schweitzer. A Biography, S. 306.
108 Ebd.
109 Montague, The Why of Albert Schweitzer, S. 109f.
110 Ebd., S. 134.
111 Marshall/Poling, Schweitzer. A Biography, S. 239.
112 Ebd., S. 293.
113 Vgl. Donald Desfor / Louise Jilek-Aal / Marvin Meyer. »Albert Schweitzer at Lambaréné: A Photographic Essay«. Abs. 11–14. In: Finding Lambaréné. Orange, Kalifornien: Chapman University, Albert Schweitzer Institute, 2007.

114 Marshall/Poling, Schweitzer. A Biography, S. 307f.

115 Louise Jilek-Aall. Working with Dr. Schweitzer. Sharing his Reverance for Life. Canada: Hancock House Publishers, 1990, Kap. 14 (08. Mai 2013. http://www.mentalhealth.com/books/lja/lja-toc.html).

116 Schweitzer, Aus meiner Kindheit und Jugendzeit, S. 304–305.

117 Schweitzer, Aus meinem Leben und Denken, S. 106.

118 Albert Schweitzer Fellowship (ASF), »Why ‹Beyond Boulders'?« Beyond Boulders: Blog, http://schweitzerfellowship.wordpress.com/why-beyond-boulders/.

119 Albert Schweitzer Fellowship, www.schweitzerfellowship.org/features/who/mission.aspx.

120 Albert Schweitzer Fellowship, www.schweitzerfellowship.org/features/lamb/hosp.aspx.

121 Ebd.

122 Montague, The Why of Albert Schweitzer.

123 Schweitzer, Aus meiner Kindheit und Jugendzeit, S. 304.

124 Schweitzer, Kultur und Ethik in den Weltreligionen, S. 419.

125 Schweitzer, Die Lehre von der Ehrfurcht vor dem Leben, S. 21–22.

126 Ebd., S. 22.

127 Albert Schweitzer. Gesammelte Werke in fünf Bänden. Hrsg. von Rudolf Grabs. München: C.H. Beck, 1974: Bd. 5, Das Christentum und die Weltreligionen, S. 712.

128 Schweitzer, Die Lehre von der Ehrfurcht vor dem Leben, S. 82–83.

129 Schweitzer, Das Christentum und die Weltreligionen, S. 714.

130 Ebd., S. 714.

131 Hermann Hagedorn. Albert Schweitzer. Menschenfreund im Urwald. München: Paul List Verlag, 1958, S. 127.

132 »The One-Talent People«, *Christian Herald*, September 1949, S. 64.

133 Die gesamten Werte-Grundsätze des Albert-Schweitzer-Krankenhauses finden Sie auf der englischsprachigen Website der *Albert Schweitzer Fellowship*: www.schweitzerfellowship.org/features/lamb/hosp_mission.aspx.